수평선에
걸어놓은
시
하나

김향신

시평집

수평선에
걸어놓은
시
하나

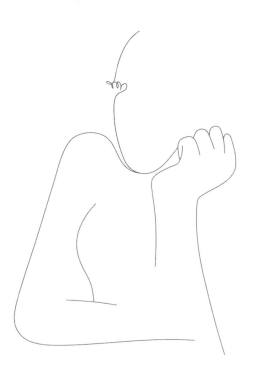

김항신

시평집

한그루

차
례

항구의 도시(濤詩) 나들목
처음 실은 별들이 인사를 했다
두 번째 흔들거려 멀미를 하고
세 번째 나들목 물이 오른다
.

.

.

여여하게 그렇게

이 시평집은 2021년 3월부터 2023년 초입까지 '뉴스라인제주'와 '네이버 블로그'에 '벌랑포구'라는 이름으로 게재한 60편의 시평들을 모아, 수평선에 하나하나 걸어 놓은 것이다. 각자 생각하는 '쩝'이 다 다르듯 나 또한 오직 나만의 시선과 관점에서 설레는 마음으로 이 시편들을 읽고 다독이며, 아픔을 함께했다. 시집 한 권 한 권에서 발췌해 여기에 함께할 수 있도록 무언의 마음으로 응원해 주신 모든 시인님들께 감사드린다. 그리고 나에게 처음으로 시평의 '닻'을 올려 보자며 손 내밀어준 '뉴스라인제주' 양대영 시인과 '한라산문학동인회' 부정일 시인께 무한한 감사를 보낸다. 첫 시평집이 나올 수 있도록 세심한 배려와 손길로 맞아 준 한그루 출판사 편집부 노고에 감사드린다.

2023년 7월

詩가 있는 등대길에서

여는 시

벌랑포구

김항신

어머니 큰 울음 알리며
세상에 나오던 곳

외할아버지
함흥에서 청진 바다 나들며
고기 실어 나르던 포구

아들 여섯 딸 셋

물이 좋아 찾아온 새색시 마을
다소곳이 머물던 할머니 자리에
시홍 시종 시열 시영 그리고 순자 아버지와 의사
아들 이모까지 업고 키운 내 어머니

등 마를 날 없다던
꽃 진 자리
거문여 벌랑 사근여*에
만선 휘날리며 귀향한
고,
장감찬 구십삼 외할아버지

둠벵이 건너면 새각시 물**
생각나

*벌랑 사근여   제주시 삼양3동은 동쪽에서부터 사근여, 거문여, 버렁마을이 있었다.
　　　　　　　파도 소리가 서로의 파도를 가르는 듯하다 하여 칠 벌(伐) 물결 랑(浪)을
　　　　　　　이어 벌랑(속칭 버렁)이라 불렀다.

**새각시 물   젊은 여자의 몸을 닮았다 하여 붙여진 물 이름.

꽃밥

구영미

밥 먹자
마음이 아파도
몸이 힘들어도
배가 고프다고 하던 당신은
먹어도 먹어도 허기가 진다고 했지요
조팝꽃 이팝꽃이 피어도
매화꽃 줄 장미가 피어도
밥으로 보인다고 꽃밥이라 했지요
밥물이 넘쳐 당신 눈썹 다 젖고
갈라진 입술 위에 툭툭 터지던
붉은 산당화
노랗게 빈혈을 일으키던
산수유 꽃 소식
꽃밥은 늘 헛밥이었어요

당신도 나도 어느 길에서
시간을 멈추고,
누군가의 밥이 되겠지요,
꽃밥이 되겠지요
헛밥이 되겠지요

-《나무는 하느님이다》, 시와실천, 2019.

나를 아프게 하던 헛밥

여기에도 반가운 '꽃밥'이 있었네요. 어느 날 시를 쓰면서 제목에 고심했던 일이 있었답니다. '잡곡밥'이라 할까? '꽃밥'이라 할까? 하면서요. 나는 '꽃밥'이 이팝보다 좋다고 했지요. 꽃밥은 잡곡밥이라 모든 자양분 받아먹을 수 있지만 이팝은 나를 아프게 하는 헛밥이던걸요. 못 먹던 어린 시절, 보리쌀에 흰쌀과 좁쌀 한 줌 섞인 솥에 어머니가 솔잎 향 풀풀 내며 부지깽이로 밥 하던 그 시절이 고맙기도 했었지요. 어느 날 점점 잃어가는 기억으로 먹어도 먹어도 배가 고프다며 헛밥이 되고 만 어머니. 일찍 떠난 남편, 가슴에 묻은 딸, 육지 요양원에 있어서 만날 수도 없는 자식 고파 좋아하는 노래 한 소절 부르시다 허공 한 번 바라보다 별이 된 당신. 우리가 언제 이렇게 부모님 나이만큼 와버렸을까요. 우리네 삶이 짠하게 지나는 오늘 같은 날, 구영미 시인 '자유문학상' 수상 진심으로 축하드려요.

봄볕

김정숙

유채 위에 노랗게 냉이 위엔 하얗게
바람 사이 구름 사이 흔들리는 꽃잎 사이
아버지 따스운 손길 종일토록 내리네

"오입질 도둑질 빼고 뭣이든 해보거라"
노을결 넘으시며 달랑 주신 알 몸뚱이
성글은 곁가지에도 꼬투리가 맺히고,

이 세상 꽃들이 피는 이유 다 같아
뼛속까지 저 닮은 씨앗 몇 톨 남겨 놓고
들판 위 산전수전山戰水戰을 빈틈없이 수놓아

- 《나뭇잎 비문》, 책만드는집, 2019.

바람 사이 구름 사이 흔들리는 꽃잎 사이 아버지 따스운 손길 종일토록 내립니다. 이 세상에 꽃들이 피는 이유가 다 같아서 사람 살아가는 이유가 다 같아서 오늘도 꽃샘바람에 나부끼는 노란 민들레와 속삭이며 벚꽃 흐드러진 해안 길 걸어봅니다. 그렇습니다. 뼛속까지 저 닮은 씨앗 몇 남겨놓고 봄볕에 채 벙글지도 못한 자식들 남겨놓고 이승 떠나는 아버지의 발길은 어땠을까요. 들판 위에 산전수전山戰水戰 수놓으며 살고 있는데 말입니다.

어느날

나는
어느날이라는 말이 좋다.

어느날 나는 태어났고
어느날 당신도 만났으니까.

그리고
오늘도 어느날이니까.

나의 시는
어느날의 일이고
어느날에 썼다.

나도/ 어느날이 좋았지요. / 어느날 문득 그리
움이 좋았고/ 어느날 문득 외로움이 좋았고/ 어
느날 문득 고독을 즐기다/ 어느날 시를 쓰며/
이렇게/ 소박하게/ 독자와 함께하는 오늘이 참
좋았어요. / 오늘의 일도 어느날이니까요.

집밥 콘서트

오영호

어머니 손맛 같은 옛 맛이 서려있는

구수한 토장국에 보리밥과 고기 몇 점

소박한 '집밥 콘서트'*

막걸리와 피아노

- 《연동리 사설》, 다층, 2019.

* **집밥 콘서트** 식당 이름

중심을 만드는 시간 ──────────

외출하고 들어서려는데 우체통에 갈색 봉투가 턱 하니 앉아 있었지요. 들여다보는 눈은 아주 콩닥이더군요. 설레는 마음으로 책상 위에 모셔놓고 부엌으로 향했지요. 식구들 저녁 차릴 때면 가끔은 밖에서 맛나게 삼겹살 먹어도 좋겠다 싶어도 시국이 그런 관계로 정말 소박한 저녁 끝내고 나만의 안식처에서 잠시 《연동리 사설》에 빠져봅니다. 소박한 집밥이 얼마나 맛있는지 다 아시잖아요. 알고는 있으나 어쩌지 못하는 것이겠지요. 너나없이 알게 모르게 그동안 너무 나대며 살아왔지 않나 싶은 거죠. 물론 모두가 그렇다는 것은 아니지만요. 그래서 지금부터라도 평정심으로 돌아가 어머니 손맛 구수한 된장국, 보리밥에 쌀 몇 줌, 고기 몇 점 챙기라고 말하고 싶어지는 것은 아닐는지요. 무언의 통보에, 질서를, 새로운 중심을 만드는 시간이 아닐까!? 하는 짧은 생각에 젖어보기도 하는 시간입니다. 얼마나 행복한 일상인가요. '막걸리와 피아노' 세계를 소통하며 구수한 장단에 사랑의 세레나데 부르며, 오! 테스형! 이렇게 소리쳐보면서요. "그때가 그리워지는 오늘입니다."라고 말하고 싶어지는 지금의 현실을 돌아보면서 모두가 건강한 일상으로 복귀하기를 염원해 봅니다.

자화상

윤동주

산모퉁이를 돌아 논가 외딴 우물을
홀로 찾아가선 가만히 들여다봅니다.

우물 속에는 달이 밝고 구름이 흐르고
하늘이 펼치고 파아란 바람이 불고
가을이 있습니다.

그리고 한 사나이가 있습니다.
어쩐지 그 사나이가 미워져 돌아갑니다.

돌아가다 생각하니 그 사나이가 가엾어집니다.
도로 가 들여다보니 사나이는 그대로 있습니다.

다시 그 사나이가 미워져 돌아갑니다.
돌아가다 생각하니 그 사나이가 그리워집니다.

우물 속에는 달이 밝고 구름이 흐르고
하늘이 펼치고 파아란 바람이 불고
가을이 있고 추억처럼 사나이가 있습니다.

-《이 지나친 시련, 이 지나친 피로》, 현자의숲, 2017.

우물 속에 비친 얼굴 ─────────────

열아홉 시절 어느 날 유안진의 '지란지교를 꿈꾸며'는 나의 동경의 대상이었습니다. 이처럼 푸른 청춘 꿈꿔 본 지도 빛바랜 어제처럼, 오늘이 지나는 생각을 하며 살다 보니 어느새 반세기 훌쩍 넘어 석양에 물들어보는 시간인 것 같습니다. 우물을 찾아가 자신을 보고, 우물 속의 평화로운 풍경을 보며 초라한 '자아'에 대한 부끄러움과 연민을 생각하며 미워하고 그리워하고 다시 되돌아가면 미워지고 안타까운, 가여워 다시 들여다보는 심리적 갈등에 서성이다가 결국 추억 속 그리움으로 평정을 찾아가는 자신의 심리를 나타냅니다. 우물 속에 비친 성찰과 애증을 그려내는 '윤동주'를 보며 나도 한

번 거울 속 여자가 되어 봅니다. 초라하고 미워지고 가여워지고 안타까워, 가다가 다시 되돌아와 또다시 보며 위로하다가 그리움의 '나'를 다독여 봅니다.

"죽는 날까지 하늘을 우러러/ 한 점 부끄럼이 없기를,// 잎새에 이는 바람에도/ 나는 괴로워했다.// 별을 노래하는 마음으로/ 모든 죽어가는 것을 사랑해야지// 그리고 나한테 주어진 길을/ 걸어가야겠다.// 오늘 밤에도 별이 바람에 스친다."

- 윤동주 「서시」 전문.

여승女僧

백석

여승女僧은 합장合掌하고 절을 했다
가지취의 내음새가 났다
쓸쓸한 낯이 녯날같이 늙었다
나는 불경佛經처럼 서러워졌다

평안도平安道의 어늬 산山 깊은 금덤판
나는 파리한 여인女人에게서 옥수수를 샀다
여인女人은 나어린 딸아이를 따리며 가을밤같이 차게 울
었다

섶벌같이 나아간 지아비 기다려 십 년十年이 갔다
지아비는 돌아오지 않고
어린 딸은 도라지꽃이 좋아 돌무덤으로 갔다

산山꿩도 설게 울은 슬픈 날이 있었다
산山절의 마당귀에 여인女人의 머리오리가 눈물방울과
같이 떨어진 날이 있었다

-《정본 백석 시집》, 문학동네, 2007.

도라지꽃이 된 아가야 ─────────

일제강점기를 배경으로 한 가족의 일대기를 서사적이
며 서정적인 시적 표현을 통해 자유로운 문체로 엮어가
는, 영화의 한 장면처럼 눈물을 훔치게 하고 가슴이 먹
먹해지는 파노라마. '백석' 하면 모르는 이가 없을 것인
데 '윤동주'에 빠지니 당연히 '백석'이 그립구나. 그러니
궁금할 수밖에, 사랑할 수밖에. 오래된 이름만큼이나
설레는 마음으로 이름만큼이나 가슴 아리게 하는 '산꿩
도 설게 우'는 어느 사찰에 들어서니 여승이 합장을 한
다. 바라본 여승에게서 가지취 냄새가 난다. 들여다본
쓸쓸한 얼굴이 옛날같이 서럽다. '나'는 어느 산 깊은 금
광의 일터에서 어린 딸과 옥수수 파는 여인을 보며 마
음이 저리도록 아프다. 돈 벌러 간 지아비는 돌아오지
않고 지아비 기다리던 딸아이는 도라지 꽃이 좋다며 떠
나버렸다. 암흑의 일제강점기 시절, 가족을 잃고 의지
할 곳이 없어진 여인은 세속을 떠나게 되면서 산꿩도

서럽게 우는 날이 있었나. 산절의 마당에 들어 머리카락에 눈물이 함께 툭툭 떨어지는 날이 있었나. 아! 도라지 꽃이 된 아가야.

몸 파는 여자

김영란

서울 삼춘, 오천 원마씸! 한 봉다리 상 갑써!

눈도 멀고 마음도 멀고 아롱지는 물빛 햇빛, 타임머신
타고 온 듯 가파도 초행길, 꿈인가 생시인가 설렘 싹 도
려내는, "몸 삽써 몸 삽써 단돈 오천 원" 이건 또 뭔 말
인가 미궁으로 빠진 건가 환상의 섬이란 말 이래서 나
온 건가 대놓고 몸 사라니 그것도 달랑 오천 원에, 가파
도 오팔팔인가 태연한 저 자태 나와 눈이 마주치자 나
긋나긋 외쳐댄다 "맘 삽써 오천 원 서울삼춘 맘 삽써"
태생적 그리움을 몸 안에 가둔 채 몸과 맘 줄 이 없어
애타게도 기다렸나 단돈 만 원에 몸과 맘을 다 판다니

은근한 원초적 본능 모자반 봉지 쑥 내민다

- 《몸 파는 여자》, 고요아침, 2019.

몸과 마음도 다 내어주는

"몸 파는 여자"라니 제목만으로도 깜짝 놀랄 만하지요. 제주도 사람은 "몸 삽서~" 외치고 겡상도 싸람은 "몸 사~이소!" 외치고요. 돼지 접작뼈 푹 삶은 물에 바다 향 듬뿍 풍겨오는 단돈 만 원어치 몸과 맘 값이 참말 푸근하네요. 모자반*은 무쳐먹어도 새콤달콤하니 그 맛이 깔끔하고요. 사면이 바다로 둘러싸인 제주 갯것에는 몸도 많지만 푸근하고 넉넉한 우리 좀녀(해녀) 삼촌덜 마음씨 또한 그만이랍니다.

---

* **모자반** 제주에서는 모자반을 몸이라 하는데 제주 사람들 가운데 젊은 사람들은 몸을 정확하게 발음하지 못해서 몸으로 발음하는 경우가 많고, 육지 사람들은 아래아를 아로 발음해서 몸을 맘으로 발음한다.

그대 어느 계단쯤에서

부정일

요람에서 무덤까지 계단이 놓여있다 치자
그대, 갈 길이 먼 양
어느 계단쯤에서 쉬고 있는지
스무 계단 옆길에 핀 꽃이 예뻐라
서른 계단 옆 골목에 주점도 많더라

꽃밭, 주막 다 들러 사십 계단 오르니
휘청, 약간은 숨이 차더라
뒤돌아보며 한 번쯤
앞에 간 자 뒷모습 보며
오십 계단 오르니 바람이 불더라

멀리
하얗게 출렁이는 억새 들녘 아스라이
그 너머 무엇이 있는지

어쩌면 붉은 노을 함께
그대,
그 너머에서 쉬고 있는지

-《허공에 투망하다》, 한그루, 2017

황혼의 황금 들녘 —————————

시인의 시집에 수록된 어느 시 제목처럼 '존듸여 보당' 존딀대로 존듸어 보당(견딜 만큼 견디어 보다가)세월만큼이나 살다 보니 백설이 육십 계단 훌쩍 올라 이제 얼마 없으면 칠십 계단도 금방이겠습니다. "그대, 아직도 그 너머에서 쉬고" 있기는요. 스무 계단 옆길에 핀 꽃이 예뻐 훈남인 '네'가 지나칠 수 없었던 시절, 서른 계단 옆 골목에 주점도 많아 그냥 갈 수가 없던 시절, 예쁜 꽃 아씨와 결혼하고 자식 낳고 알콩달콩 사십 계단 오르니 숨도 가쁘고 조금은 휘청거려 그대 지나간 자리 아쉬워 앞에 간 자 뒤돌아보니 벌써 오십 계단이 바람에 휘날리듯 '나'를 기다리고, 그것도 잠시 어느새 하얀 억새 출렁이는 들녘이 황금물결 이루었지요. 이제 인생 2막을 설계하며 황금 들녘 펼치시는 열정과 사랑에 박수를 보냅니다.

항아리 속 된장처럼

이재무

세월 뜸들여 깊은 맛 우려내려면
우선은 항아리 속으로 들어가자는 거야
햇장이니 갑갑증이 일겠지 펄펄 끓는 성질에
독이라도 깨고 싶겠지
그럴수록 된장으로 들어앉아서 진득허니
기다리자는 거야 원치 않은 불순물도
뛰어들겠지 고것까지 내 살肉로
품어보자는 거야 썩고 썩다가 간과 허파가 녹고
내장까지 다 녹아나고 그럴 즈음에
햇볕 좋은 날 말짱하게 말린 몸으로
식탁에 오르자는 것이야

-《몸에 피는 꽃》, 창비, 1996.

불순물도 품어가며

처음에는 그저 맛있게 받아먹는 기분이었다. 맛있게 받아먹을 일만이 아니라 구수한 맛도 알아야겠다는 것을 깨달은 순간 모 문학회 새내기 때 생각이 났다. 햇장이라 갑갑증이 일고 합평하는 시간이 진지해서 얼었고 굳어진 혀는 열릴 줄을 모르니 멍하니 듣고만 했던 시절. 마음과 머리가 입으로 얼어붙어 잠겼는지 도통 열리지 않았던 세월이 십여 년은 된 것처럼 원치 않은 불순물도 내 살肉로 품어가며 다독이던 세월들. 이제는 구수한 항아리 속 된장처럼 그렇게 더 깊숙이 들어가 곰삭아보자. 무엇과 버무려 놓아도 자신을 갖고 깊은 맛을 풀어내는 된장처럼 먼저 시린 손 잡아주는 그런 따뜻한 마음으로 걸어가 보자.

거울 속 엄마

조문정

언제부터인가 거울 속으로
엄마가 찾아왔다
젊은 엄마는
내가 웃으면 따라 웃고
내가 슬프면 엄마도 슬프다
내가 외로우면
외로움에 몸서리치는 엄마
내가 울면
슬그머니 호숫가를 맴돌던
엄마

- 《시인의 국밥집》, 시와실천, 2020.

나이가 들수록 닮아가는 어머니와 딸의 관계, 어렸을 때 몰랐던 모습들이 어머니 나이 되면서 붕어빵처럼 닮아 가는 것 같다. 어머니도 이때쯤 나처럼 그랬을까 하며 자꾸 되뇌는 시간이 많아져 가던 어느 날, 공연하는 동생의 모습을 보다 어머니가 오버랩되어 놀랐던 한순간이 있었다. 머리에 흰 수건 졸라매고 광목 소중이(해녀복) 입고 물질 나가는 어머니 모습. 아버지는 어떤가. 아들이 커갈수록 아버지가 보이는 것 같다. 외숙모 부음에 갔다가 조문객 틈에 앉아 있는 숙모 아들을 외삼촌으로 착각한 적도 있었다. 부모는 다 같은 마음일 것이다. 내가 웃으면 따라 웃고 내가 슬프면 더 가슴이 찢어지는 아픔이 있다는 것을, 절절한 순간이 많았다는 것을, 오늘 그 거울 속에서 다시 본다. 진주시 천전시장에 시 쓰는 시인의 국밥집, 열심히 살아가는 조문정 시인님! 진심으로 당신께 박수를 보냅니다!

한라산에서

정윤천

처음 오르는 길에서는 눈길조차 주지 않았다

두 번째 오르는 길에도 말 한마디 걸어주지 않았다

세 번째 오르는 길에서야 바람 한 줄기 얻어맞았다

네 번째 오르는 길에 다리 한쪽 접질러주었다

마른자리에서나, 방 안에서나, 수음 버릇처럼 시 쓰다
온 작자, 네 글은 너무 작다고,
하다못해 저기 깨어진 기왓장, 돌멩이 하나에도 어려
있을, 역사 될 노래 쥐뿔도
멀었다고, 크고도 희게 벗은 몸으로, 한 나라의 가장 마
지막까지의 山陰 하나여,
높고도 고요하다.

- 《구석》, 실천문학, 2007.

꿈결에 시를 베다 ─────────────

시 합평회 하던 날이었습니다. 2007년도에 발간된 시집이지만 정윤천 시인에 대해서 알고 싶었습니다. 시인은 잠시 이곳 제주에 머물기도 했습니다. 구수한 토장국처럼 주저리주저리 말하듯, 삶의 정서를 토해내듯, 어느 독자가 읽어도 쉽게 와닿는, 미사여구도 없이 마음을 열어 기지개 켜듯이 보여준 시집 한 권, 감사히 잘 읽었습니다. 한라산에서 살다가 지리산에서 살다가 지금은 화순에서 '첫눈 카페'를 운영하는 정윤천 시인, '한라산에서'의 '삶'의 반석을 토대로 지금의 황금빛 인생을 구축한 시인, 첫 번째는 눈길 한 번 주지 않았어도// 두 번째는 말 한마디 걸어주지 않아도// 세 번째야 바람 한 줄기에 슬쩍 얻어맞기도 했지만// 네 번째 오르는 길에야 한쪽 다리 접질러주었던 세월,// 어찌 그대만 그런 세월이겠습니까만 겁도 없이 덤벼들어 이렇게 쓰고 있는 필자 또한 설레는 마음으로 애환과 슬픔들 토장처럼 구수하고 맛깔스러운 그만의 잣대로 잠을 자다가 시를 읽다가 쓰고 짓고 하며 항구로 보내보지만// 처음 실어내는 배는 별이 반짝반짝 인사를 합디다.// 두 번째 실어내는 배는 주저거려집디다.// 세 번째부터 '벌랑포구'가 인사하며 실어 내는디 순항하길 바라는 마음으로 사랑 실어 나릅디다. 언젠가 쥐구멍에 볕 들 날 있듯/ 참깨가 열려있는 마음은 통하게 되어있듯,/ 그렇게 나를 것입니다. 정윤천 시인님! '한라산에서'의 인연, 반가웠습니다. 얼른 다음 시집 펼치고 싶습니다.

먼지의 꿈

정호승

먼지는 흙이 되는 것이 꿈이다.
봄의 흙이 되어 보리밭이 되거나
구근이 잠든 화분의 흙이 되어
한송이 수선화를 피워 올리는 것이 꿈이다
먼지는 비록 끝없이 지하철을 떠돈다 할지라도
내려앉아
더 낮은 데까지 내려앉아
지하철을 탄 사람들의 밥이 되는 것이 꿈이다.
공복의 출근길에 승객들 틈에 끼여
먼지가 밥이 되는 세상을 만드는 것이 꿈이다.

- 《당신을 찾아서》, 창비, 2020.

밥이 되는 것이 꿈이다 ─────────

몇 달에 한 번씩 서울 병원에 볼일이 있어서 공항에 내리면 코로나19 전에는 리무진 차창에 기대어 바깥세상 구경하며 가는 마음도 괜찮았는데 버스 노선 무기한 중단으로 어쩔 수 없이 지하철을 이용해야 했던 날이 많아졌다. 철로 입구 승강장에는 급행-완행이 덩달아 바쁘구나. 출근 시간이라 발걸음이 바빠지고 계단을 뛰어오르며 물결이 휘청이듯, 먼지와 사람들이 함께 휘날린다. 사람 냄새가 물씬거리는 서울 지하철역, 자기가 먼지가 되고 싶어 먼지가 된 것은 아니라며 지하의 쇳가루가 아니라, 곰팡내 나는 시커먼 균이 아니라, 저 밖에서 웃고 있는 황토 흙처럼 지상의 흙먼지처럼 그렇게 곱게 내려앉아 보리싹 틔워 따뜻한 밥이 되는, 지하철 타는 사람들의 밥이고 싶은 것이다. 공복의 출근길, 승객들 틈에 끼어 먼지가 밥이 되는 세상, 먼지가 한 송이

꽃을 만드는 세상이고 싶다는 것이다. '봄의 흙이 되어 보리밭이 되고' '한송이 수선화를 피워 올리는 것이 꿈이'라는, 아무리 하잘것없는 존재이나 어떤 시련에 신문지 한 장이 날아와 그 무게를 감싸듯 더 낮은 데까지 내려앉아 지하철 타는 사람들의 따뜻한 밥이고 싶은, 먼지에도 꿈이 있는 것이라고 정호승 시인은 명명한다. 먼지에게도 꿈이 있듯이 또 하나의 생명체가 못다 이룬 꿈을 꾸며 생명선 따라 지하철 9호선에 몸을 실었다. '먼지의 꿈'을 향해~

한림카페

비양도가 통째로 창문에 와 걸리고

백사장 잔물결이 이내 따라온다

오래전 가동이 멈춘 한림 전분공장

한때는 헉헉댔을 오십 마력 원동기

영국산 마크가 아직도 선명하다

마대 속 햇고구마들 그 내음 풋풋했을

외벽도 그대로다 회칠한 제주 돌담

누군들 여기에 와 사랑 얻지 못할까

그러게 잊혔던 사랑, 봄바람에 아리다

- 《버릴까》, 푸른사상, 2019.

커피 한 잔에 들어온 바다 ────────

오십 마력이면 한창 혁혁댔을 시기가 딱 맞는 것 같습니다. 제주 애월 태생이기에 육지 뭍으로 유학을 떠나 공부하면서 고향이 그리울 때면 간간이 비양도가 한눈에 바라보이는 애월 한림항으로 오고 가던 봉성리 사람, 어찌 그 길 닿을 때마다 가슴에 묻어나는 사랑 없었겠나, 생각해 봅니다. 지금은 저의 집 어느 근처에서 머물며 같은 마음의 길을 함께 걸어가는 홍성운 시인님, 같은 공간에서 숨 고르며 살고 있다는 게 내심 반가웠습니다. 직접 뵙지는 못했지만 프로필 사진을 보면서 그리고 서정성이 살아있는 선생님의 시를 보면서 전혀 낯설지 않은 그런 마음이라 할까요. 한림카페, 누구나 한 번쯤은 꼭// 거쳐 가던 곳, 카페에 들어서면// 비양도가 한눈에 들어와 꼭 한 번// 가고 싶어 동경하던 곳,// 결국 혼자서가 아닌 코흘리개 동창들과 이제는 어엿한 사랑이 여물어 황금길 걸어가는 벗들과 50주년 기념으로 탐방하던 비양도가 지척에 보이는 한림항 포구. 지금도 주정 가루 풀풀 날리며 장정들이 불끈거리고, 크레인이 떡 하니 불끈거리기도 하는 곳에 다시 어디로 팔려가는 싱싱한 무단들이 올망졸망 기다리며 숨고르는 한림 항구에서 잠시 카페에 머물며 달달한 카푸치노 한잔에 녹아보는 시간. 누군들 여기 와 사랑 얻지 못하겠습니까. 그렇게 머물다 간 사랑 짠내음에 스미듯 아린 이 기분, 코로나가 이 유정한 카페에 숨죽여 눈치 볼지언정 그 사랑의 힘은 어쩌지 못할 것이라 생각하며 지금도 한림카페의 달달한 커피 한잔, 바다향기에 실어 홍성운 시인의 '버릴까' 시향에 젖어봅니다.

숟가락은 숟가락이지

박혜선

금수저
은수저
흙수저?

밥상 앞에 놓고 텔레비전 보던 할머니가 한마디 한다

그냥
밥 잘 뜨고
국 잘 뜨면
그만이지

밥 푹 떠서 김치 척 걸쳐
입 쩍 벌리는 할머니

요 봐라 요기,

내 수저는 시집 올 때 가져온 꽃수저다.

- 《쓰레기통 잠들다》, 청년사, 2017.

할머니의 지혜

지구 세계의 환경문제를 넘나드는 아동문학가이면서 동시를 쓰는 경북 상주 태생인 박혜선 작가. '숟가락은 숟가락이지'는 동시를 넘어선 시 같은 시로 보이는데, 할머니의 입담 한 수를 거들자면 그렇다. 손 잘 있고/ 발 잘 있고/ 눈 잘 있고/ 입 잘 있고/ 코 잘 있으면 되는 것이고/ 잘 먹고/ 잘 자고/ 잘 있으면 되는 것이다./ 요즘 세상에 금수저, 은수저가 무슨 소용, 모든 것은 내 맘먹기에 달려있다는 것. 박혜선 작가 당신께 박수를 보냅니다.

별도봉 달맞이꽃

양전형

누군가 떠난 뱃길
제주 앞바다
길을 지운 수평선을 보다가

낮이 밤을 지우고
밤이 낮을 지우고
하루가 하루를 지우는 사이
노란 가슴 부풀다 터졌네

사랑 지우개는 깊은 잠인데
달빛 가득 내린 이슥한 밤
막막한 그리움이 잠마저 지우네

- 《꽃도 웁니다》, 한국문연, 2014.

멍석 위의 별들

'게무로사 못 살리카' 허투루 보낼 것 없이 모두가 소중한 언어들이 나를 붙잡고 있던 중에 '동사형 그리움'이 날 쳐다보라는 중에 '꽃도 웁니다'라고 톡톡 바라봅니다. 선생님의 '시'를 바라보다 보면 애련(哀憐)한 시구들로 이루어져 있음을 알 수 있습니다. 2014년 9월, '별도봉 달맞이꽃'은 가곡(양전형 시/정부기 곡/서울바로크 싱어즈/제15회 서울 창작 합창단)으로 불리고 있으며, 2005년 음반 제작된 〈이종록 창작 가곡집 제12집〉에 실린 '제주섬에 한 오십 년 살아보리라'가 선율을 타고 널리 퍼지고 있다는 것을 알았습니다. 유년기 저의 마당에도 '달맞이꽃'이 있었답니다. 여름밤이면 마당 멍석에 동생과 나란히 누워 '별' 하나 '나' 하나를 헤아리다가 저 별은 아버지별, 저 별은 아시(동생)별, 하다가 숙제가 생각나면 '멍석과 벗이 되어'를 읊어보다가 이용복 가수가 부르는 '달맞이꽃'을 합창하며 '달맞이꽃'을 쳐다보면 꼭 저희 자매를 보는 것 같은 그런 생각이 들기도 했었답니다. 외로우면서도 밤에만 피어나는 고고한 자태가 좋았던 기억들 되뇌어 보면서 나도 한번 '달맞이꽃'에 시를 부여해 보리라, 하던 마음을 안고 이렇게 다시 한번 펼쳐봅니다. 날씨는 덥고 잠 못 이루는 밤/ 달맞이꽃은 별도봉에서 누군가 떠난 뱃길 지워진 앞바다를 쳐다보면서// 낮이 밤을 지우고/ 밤이 낮을 지우듯/ 하루가 하루를 지우다 보니/ 노란 순정의 가슴은 부풀 대로 부풀어 터져 버리고// 사랑님 눈 좇던 지우개는 아직 멀기도 멀어 잠만 지우고 떠나는/ 당신, '별도봉 달맞이꽃'/ 그대! 잘 있나요.

인생

안도현

밤에, 전라선을 타보지 않은 者하고는
인생을 논하지 말라

- 《그리운 여우》, 창비, 1997.

열아홉의 목포행 완행선

안도현 시인의 가근한 친구이신 이병천 소설가의 말처럼 '그리운 여우'를 쭈욱 읽어가다가 '인생'에 눈이 꽂혔다. '밤에, 전라선을 타보지 않은 者하고는 인생을 논하지 말라' 이 짤막한 시구에 얼마나 광대한 철학이 묻어나는가! 그 마력에 끌리는 이내 심사, 또 '나'를 끄집어내게 만드는 그날이 생각난다. 아마 열일곱 때인 것 같다. 집에서 가장이기도 했던 언니의 갑작스러운 부고로 부재의 자리를 잇기 위하여 야간학교 진학을 뒤로하고 일자리 찾아 헤매던 시절. 이곳 제주에서 그래도 막일은 하지 말자고 자신에게 위로하며 재래시장 점원에서 ㈜대동공업 제주 대리점 경리사원으로 일하다가 좀 더 나은 바깥세상을 알고 싶어 제주항에서 연락선 타고 부산항으로 그리고 서울에서 일하다 목포로 전라선을 탔었다. 안도현 시인의 '인생'을 보며 절로 고개를 끄덕여보는 시간. 서울에 오래 있지도 못한 채 고향이 그립고 어머니가 그리워 하나뿐인 동생 눈에 밟혀 다시 제주행 연락선을 타기 위해 목포행 완행선을 탔던 꽃 같은 열아홉 살이던 때가 있었다. 그래서 안도현 시인의 '인생'에서 나는 같은 시대의 동질감을 느꼈던 게 아니었을까.

매미

김광렬

달빛 아래
끝없이 책장을 넘기고 싶었던 것이다
은방울꽃처럼 낭랑하게
풍금을 두드리고 싶었던 것이다
불어오는 바람에
시린 날개 파닥이며
밤새 시를 쓰고 싶었던 것이다
늦가을로 가는 길목
폐교가 되어버린 학교 운동장
버짐나무 깊숙이 발가락 박은 매미
죽어서도 오도독
살아 있는 것들을
느끼고 싶었던 것이다

-《그리움에는 바퀴가 달려 있다》, 푸른사상, 2013.

'죽어서도 오도독' 남기고 싶은 살아서도 오도독하게~ 그것도 열심히 길고 짧게 울어대며 세상과 맞장뜨며 자신을 알리는 저 소리, 시인은 은방울 꽃처럼 낭랑하게 란다. 시린 날개 파닥이며 밤새 시를 쓰고 싶어서란다. 발가락 박은 매미가 그렇게 오도독 살아 있음을 느끼고 싶어서란다. 김광렬 시인도 지금까지 그렇게 오도독하게 살아오며 인생을 엮어가시는 것일 게다. 그래서 영원한 것이라 말하고 싶다. 모든 살아 있는 것들에….

네팔 소년과 나

김규중

나는 두 시간 걸려
버스로 출근하는데요

TV에서 본 네팔 소년은
두 시간 동안 산 넘고 들판을 걸어
등굣길을 가고 있었습니다

이 지구상 어딘가에
두 시간 걸려서
매일 학교에 가는 사람이
나 말고 또 있었던 것입니다

나는 직업으로

두 시간을 버스 타지만

네팔 소년은 배움의 소중함으로

산 넘고 들판을 걷고 있었습니다

- 《2학년과 2학년 사이에》, 작은숲, 2021.

학교 가는 길

어느 날, 외출하고 들어서려는데 편지함에 반가운 선물
이 기다리고 있었지요. '2학년과 2학년 사이'라는 제
목의 김규중 시집. 사실 제목에 호기심이 생겨나기 시
작했습니다. 제주에 있는 소규모 통합학교인 무릉초·
중학교가 자율학교로 지정되면서 학교장으로 4년 동안
근무했다는 김규중 시인은 학교에서 교장으로 근무하
며 또 다른 시선으로 학생, 학부모, 교사들을 만나며 4
년 동안 마음에 새겨 놓았던 수많은 '결'을 한 권의 시집
으로 갈무리하고 있었습니다. '결'을 따라 읽다가 '네팔
소년과 나'에 시선이 멈칫했지요. 네팔 소년과 김 시인
은 무슨 관계인가 상상하면서 순간 필자도 TV에서 본
네팔 소년이 머리를 맴돌기 시작했답니다. 제주에서 출
퇴근 시간은 대개 한 시간 정도 소요되긴 하지만 선생
님은 시내에서 시외버스 터미널을 거쳐 무릉초까지 버
스를 두 번 갈아타고 두 시간 정도를 가야 하니, 꽤나

멀게 느껴지는 것도 당연하겠습니다. EBS 영화에서 보았던 모습들이 오버랩되는 시간입니다. 배움을 위해서라면 고대고 험한 길도 아랑곳없이 등교하는 학생들, 각 나라 오지에서 배움을 향해 걸어가는 학생들의 모습이 있었지요. 지금 우리의 모습과는 사뭇 다르다 보니 더 안타깝기만 했지만, 그래도 그때가 좋았던 시절이라는 생각이 드는 것은 왜일까요.

등대

이윤승

사랑한다 말하고 있네

고독하다 말하고 있네

먼 수평 바라보며 줄 하나 긋네

- 《눈가에 자주 손이 갔다》, 문학의전당, 2017.

자꾸 눈가에 손이 간다고 했다. 사랑하니까 고독하니까. 저 등대를 지나 수평선 너머에 부모님이 계시던 곳, 유년 시절이 그리워지는 곳, 포구를 거닐던 어느 날 그리움의 상념들이 심금을 울린다. 너 참 고생했다며, 그래서 사랑한다며, 말하는 이윤승 시인. '외로우니까 사람이다'라고 누가 말했듯이, 고독해서 미안했던 것도 사실일 것이라는 생각을 해보며 지난날 그리워하며 상념에 빠진 '나'를 다독이며 먼 수평선에 줄 하나 그어보는 시간. 2010학년도 방송통신대학교 국문과에서 알게 된 선배 이윤승 시인, 그로부터 지금까지 쭈-욱 같은 길을 가고 있는 시인. 얼마 전 매장에 들렀더니 어찌 보면 그 세월 무색하리만치 그대로인 것처럼 똑순이처럼 뭍으로 와서 이만큼 일궈 놓았으니 성공이겠지요.

누구도 그가 아니니까

허연

누구도 그가 아니고
그와 비슷하지도 않으니까

일터에 간 자식이 돌아오지 않거나
수학여행 간 자식이 오지 않은

부모의 마음은 어떤 것일까
말을 걸 수 없을 테고
눈을 볼 수 없을 텐데
밥 먹고
게임하고
늦잠 자는 것도 볼 수 없을 텐데

그건 어떤 걸까
어느 한쪽 편이 완전히 무너진 것이겠지

왜냐면
그가 답을 안 하는 걸 테니까

답이 없는 건
냄새도 소리도 웃음도 없는 거니까
그를 되돌려놓을 수 없는 거니까

몇 날 며칠 바닥을 구르고
몇 끼를 굶고 잠을 안 자도
그는 오지 않는 거니까
부르면 대답해주던
그가 오지 않는 거니까

다른 사람들은
알 수 없는 거니까

가슴이 온통 바다에 떨어져 깨져버리니까
두 다리로 설 수도 없을 테니까

누구도 그가 아니고
그와 비슷하지도 않으니까

-《당신은 언제 노래가 되지》, 문학과지성사, 2016.

눈물로 심어 놓은 시

누구도 그가 아니고 누구도 내가 될 수 없다. 자기만의 색깔들이 있듯이 시인의 시 흐름이 나이를 가늠해 주는 반면 꾸밈없이 아픔들을 진솔하게 풀어내는 것에 마음이 끌리는 시인, 《당신은 언제 노래가 되지》에 실려 있는 69편의 시들을 보면 눈물을 심어놓지 않은 게 없다. 시인과 같이 등단하고 발문을 쓴 박형준 시인은 이렇게 말한다. "이곳에선 모든 미래가 푸른빛으로 행진하길", 그러면서 '허연의 시를 처음 읽던 때'를 기억한다. 그러고는 허연의 다른 시집 《불온한 검은 피》에서 '권진규의 장례식'를 평설하면서는 "연이의 시에 대한 첫인상은 김종삼의 후신이라 느껴질 정도로 담백하고 슬픈 기운이었다"고 하며 다른 시편 들과 연이어 마지막 본 시집 몇 편을 발문으로 묶는다. '이 소년의 앞날이 그의 시구대로', '모든 미래가 푸른빛으로 행진'('열대') 바란다고 끝을 맺는다. 누구도 그가 아니고/ 누구도 내가 될 수 없지만/ 어떤 사연으로도 알 수 없는 그 안에 물의 흐름은 영원할 것이라고 본다. // 8·15 해방이 그렇듯/ 6·25가 그렇듯/ 4·3이 그렇듯/ 천안함, 그리고/ 세월호가 그렇듯/ 가슴속 영원히 잠재해 흐르는/ 아픔, /어찌 그 아픔들을 잊을 수 있겠는가/ 그 영원한 것들을….

황진이 小曲

김도경

한여름 정오 피서지로 간택한 탐라도서관
소나무 쉼터 매미들 통울림 한다
나 여기 있어요
오랜 시간 기다렸어요
짧은 말미에 주어지는 만남을 위해
기척이라도 할 수 있는 그네들
부럽기도 하고 모른 척하기도 그렇고 하여
그늘 밑 원탁에 앉아
소설 '황진이'를 펼치노라니
이웃집 도령 상사병에는
속치마 저고리로 꽃을 접었어라
한 생 걸림 없는 바람이었어라
송도삼절의 緣이 소중하였어라
꽃 대신 풍악을 질끈 즈려밟고 갔어라
이승 건너오는 험한 길에 발을 헛디뎌

매미 날개로 나비이어라
소나무 수액으로 견딘 시간이
노래하고 춤추는 신명 한 마당
아흔아홉 칸 대갓집 대청에서
발 내리고 난을 치듯
발 걷어 올리고 지나가는 길손에게
시원한 동동주 한 사발 건네듯
독서 삼매경에 빠져보는 것인데

톡.
스마트폰 단축 0번 발신음은
엉키고만 있더라는

- 《서랍에서 치는 파도》, 한그루, 2015.

이름에 취하다 ——————————

2010년 '한여름 밤의 축제' 때 쓰던 액자와 눈이 마주쳤
다. 아마 그때쯤 아닐까 싶다. '리포트'도 써야 하고 졸
업 논문도 준비할 겸 푹푹 찌는 더위 식힐 겸 들른 '탐라
도서관', 소나무 쉼터 매미들이 시인을 반기고 짧은 말
미에 주어진 만남을 외면하기엔 부러운 눈으로 모른 척
하기도 그렇고 해서 시인은 소설 '황진이'를 펼친다. '이
웃집 도령 상사병에 속치마 저고리로 꽃을 접었어라 황
진이를 그리워하다 절명한 이웃 도령의 한 생 걸림 없
는 바람이었어라 송도삼절의 연(緣)이 소중하였어라 곡
(哭) 대신 풍악을 지르밟으며 갔어라 그렇게 이승 건너
오는 험한 길에 발을 헛디뎌 매미 날개로…, 소나무 수
액으로 건딘 시간이 노래하고 춤추는 선명 한 마당 대
갓집 대청에서 발 내리고 난을 치듯' 그렇게 시인은 독
서 삼매경에 들다가 툭 끊겨버린 발신음의 엉키고 간
알 수 없는 0번이// 찰나// '황진이' 되었어라/ 전생에

'황진이'었어라/ 그대를 사랑함에 나도 사랑이었어라.// 뭇 여성들의 로망이었던 조선팔도/ 천하절색 시조 시인 '황진이'// 벽계수 향한 마음을 담은 시 한 편 감상해 보는 것도 괜찮을 것 같아 한 수 실어보자. "청산리(靑山裏) 벽계수(碧溪水)야 쉬이 감을 자랑 마라./ 일도창해(一到滄海) 하면 다시 오기가 어려우니,/ 명월(明月)이 만공산(滿空山) 할 제 쉬어감이 어떠하리!" 나태주 시인은 이렇게 말했다. "우리나라 역사 가운데 가장 이름이 높은 여성 세 사람을 든다면 개인적인 의견을 전제로 첫째가 선덕여왕(제왕), 둘째가 신사임당(사대부집의 여인), 셋째가 황진이(예술인 또는 기생)가 아닐까"라고. 여자인 내가 황진이가 되고 싶을진대 우리나라 조선사 500년 동안 황진이만큼 인기 있고 매력 있는 여성이 다시 있기나 할까. 누구든 가슴 설레는 마음으로 떠올리는 황진이! 그 황진이란 이름에 취하고 꽃보다 더 사람을 끌게 하는 오늘날까지 영원히 함께하는 그런 여성, 황진이에 대해서 모른 이가 또 어디 있으랴. 출생 연대나 사망 연대는 확실치 않으나 집안의 내력조차 분분했던 사람, 그러나 빼어난 미모를 지닌 기생이었으며 시인이었다는 사실, 그만큼 유명했기에 후세 사람들은 황진이를 박연폭포, 서경덕과 더불어 송도삼절(松都三絶)이라 아니했겠나.

수박

조문정

지난 여름
무슨 일이 있었는지
배가 점점 둥글게 불러온다

달콤한 유혹의 몸부림 속
검은 사연들의 반란

붉은 사랑의 이야기들
입 안에서
빙글빙글 맴도는
여름날

- 《시인의 국밥집》, 시와실천, 2020.

한여름밤의 향연// 지난여름 수박 서리하다/ 두 눈이 마주쳤네// 누가 볼까 허겁지겁 먹다 만삭이 돼버리고// 달콤한 유혹은 뿌리 칠 수 없는 상황으로/ 나를 밀어 넣는데// 붉은 사랑의 이야기/ 내 안에 있었다는 것도// 살다 보니 알 수 있었네

봉하마을에서

이재한

어머니 날 낳으시고 아버지 날 기르신 곳
무엇을 위해 태어났고 무엇을 위해 떠났는가
고향은 미울 것도, 부러울 것도 없는데
서민의 대통령
민주화를 꽃피운 사람
이 땅의 영원한 영웅이시여

봉하마을 입구
트랙터 한 대 퍼질러 앉아 울고 있다
발정 난 버스도 몸부림을 치고 간다
줄줄이 매달린 때늦은 탄식들
사람들아
추한 목줄이면 동냥도 하지 마라
하늘은 여기까지만 허락했다
삶과 죽음은 한낱 껍데기에 불과한 것

해법은 역사 안에 있었던 것이다

비겁하지 마라

때가 되면 그대들도 떠나야 할 때가 온다

-《가난한 도시인의 자화상》, 시민문학사, 2009.

속물들아 정신차리거라

이재한 시인의 시를 읽다 보면 '시인 권정생' 선생이 생각나고 연결고리가 되듯 김용락 시인이 떠오르고, 성균경 낙동강문학 시인, 염무웅(문학평론가) 교수와 안상학 시인이 다시 떠오른다. 문병란 시인(전 조선대학교 교수)이 '밑바닥 인생의 체험과 恨의 미학'으로 이재한 시인의 《가난한 도시인의 '자화상'》'발문'을 엮는다. 제목이 말해주듯 시인의 시들이 아프고 시리다. 그러면서도 당차게 끌어들이는 시인의 내면을 알리는 시구들을 엿볼 수 있는가 하면 정의를 위해서라면 망설이지 않고 아픔을 같이 나누는 사람, 한국방송통신대 국어국문학과 동문으로 현재까지 함께하는 이재한 시인. 시인의 시를 읽으면서 〈억 겁〉에서 이어지는 '갓바위'에 눈길을 줬다가 그냥 〈의식〉으로 들어가 '시인 권정생'을 택하려다 '부엉 바위'도 눈에 밟혀 망설이다가 용기 내어 봉하마을로 갔다. 봉하마을 하면 모르는 이 누가 있으랴. 이재한 시인은 우리나라 역사의 주인공이셨던 고 노무현 대통령을 기리며 '봉하마을에서' 풀어가던 '의식'이었다. 뿔뿔이 흩어진 가지들은/ 아직 밥술 뜨기도 바쁜 모양이다/ 자전거 빠른 걸음 때문에/ 황소 가랑이가 찢어지던 고향/ 그 논둑길 사이로/ 위대한 의식이 죽었다// 버티다 못한 영웅이 떠나는 날/ 하늘은 하루 내내 불덩이만 내려보냈다(<부엉 바위> 일부) 또 하나의 '의식'// 한 줌 재로도/ 하늘 치는 울림이 온다/ 천지를 캐는 눈빛/ 영혼 더듬는 속죄 소리/ 속물들아 정신 차리거라/ 너도 갈 길 멀지 않았다// 메캐한 냄새/ 세상 때를 벗긴다/ 살아 지은 죄/ 죽어 청명할 것을/ 가슴 때리는 유언장만/ 메아리 되어 돌아왔다// 고 권정생 선생 장례식장에서(<한 줌의 재로도> 전문) '속물들아 정신 차리거라 너도 갈 길 멀지 않았다'는 고 권정생 시인의 일필휘지一筆揮之 발문을 쓴 문병란 교수가 표현한 문구를 빌리자면, 이 시는 이 재한 시인이 '권정생 장례식장에서 읊은 추모 시이다.'라 고 말하면서 발문을 풀어내는 '가난한 도시인의 자화상' 에 경의를 표한다.

된장찌개

이재무

이 구수한 맛은 어디서 오는 것인가
입천장을 살짝 데우고
한 바퀴 입속 헹궈 적신 뒤
몸 안으로 슴벅슴벅 들어가는
얼얼하고, 칼칼 텁텁하고, 매콤하며
씁쓸해하는 구성진 이것은
먼먼 조상 적부터 와서
여태도 우리네 살림을 떠나지 않고 있다
흐린 등불 아래 둥글게 모여 앉아
논밭에서 캐낸 곡물과 바다에서 난 산물과
산에서 자란 나물이 만나
우려낸 되직한 속정을
숟가락에 푹 퍼서 떠먹다 보면
바깥에서 묻혀온 냉기
햇살 만난 는개처럼 풀리고

사는 일에 까닭 없이 서느런 마음도
저만큼 세상의 윗목으로 물러나 있다
무구하고 은근하며 우직한 이것은
우리네 피의 설운 가락을 타고 온다

- 《경쾌한 유령》, 문학과지성사, 2011.

진솔한 감정 한 숟가락 ────────────

우리 정서에 맞는 된장찌개, 얼마나 구수하고 짜릿한
가. 제아무리 햇된장이 보기 좋고 맛있다고 한들 오래
오래 묵힌 곰삭은 토장만 할까. 기를 쓰고 덤벼본들 옛
조상이 남긴 수작에 비할까. 그 경지에 다다르려면 얼
마나 입천장을 데우고 입속 헹구며 습벅습벅 들이밀어
야 할까. 얼마나 얼얼 칼칼하게, 맵고 쏩쓸 텁텁하게 입
안에서 굴리고 오각으로 느껴야 구수한 된장찌개 맛에
도달할까. 산으로 들로, 바다로 강으로, 우리네 곁에 있
는 경작지와 텃밭에서 얻어지는 것들에 우직한 정서에
속정 담아 진솔한 감정 실어 한 숟가락 떠먹어보는 맛
은 또 어떨까. '는개처럼 풀리고 사는 일에 까닭 없이
서느런 마음도 저만큼 세상의 윗목으로 물러나 있다'
시인의 이 한 구절에 마음 울린다. 참말 구수하고 맛있
는 된장찌개.

어느 슬픈 날

김순선

수목원을 나오다가
지친 발을 쉬려고
길가 허름한 나무의자에 앉아있었다

그 집은 언제 문을 닫았는지
간판도 내려지고
화분엔 잡초가 무성하다

인생의 바닥을 치고
짐기도 거두지 못한 채
쫓기듯 떠난 사람들같이

황망하게 떠난 그 사람
어수선한 마음에 불쑥 찾아와

멍하게 앉아있는데

누가 어깨를 툭 친다
깜짝 놀라 뒤돌아보니
새까만 버찌 하나
또르르
내 앞으로 굴러와
말똥말똥
웃는다

- 《따뜻한 국물이 그리운 날》, 열림문화, 2021.

접어놓은 페이지 ————————————

2018년에 선생님의 네 번째 시집 '백비가 일어서는 날'
을 처음으로 받게 된 것 같습니다. 그때는 시집을 받고
읽다가 내 마음의 갈피에 들어서면 색종이 접듯 밑부분
을 삼각 표시하곤 했지요. 고이 접어두었던 세월에 다
시 한번 눈을 맞춰 보다가 며칠 전 따뜻한 그리움 속으
로 들어가고 싶어지는 마음이 나를 불러내는 것 같아
'어느 슬픈 날'의 수목원 산책 길로 걸어 봤습니다. 예전
에 저도 그 허름한 나무 의자가 있는 잡초가 무성하게
자란 간판 내린 앞을 지나던 그 자리가 눈에보이는 듯
하네요. '인생의 바닥' 그렇지요. 우리네인생사 앞길을
순탄하게 볼 수 있다면 얼마나 좋을까요. 그럴 수 없기
에 바닥을 치기도 하고 눈물도흘리고 쫓기듯 떠나기도
하고 그렇게…,// 어느슬픈날에/ 황망하게 떠난그이를
생각하며/ 수목원을 나와 지친 발 쉬며 멍하게 앉아/
있을 때, 툭 어깨를 치는 새까만 버찌 하나 또르르/ 굴

러오더니// 말똥말똥 웃으며 서있는/ 그리운 당신 '괜찮아'라고 하듯/ 토닥이는 그대에게 서로의 안부를 묻습니다.// 힘내시고요~ 다섯 번째 시집 출간 진심으로 축하드립니다. 신작 시집 『사람 냄새 그리워』도 잘 읽었습니다.

흰죽

고영민

무엇을 먹는다는 것이 감격스러울 때는
비싼 정찬을 먹을 때가 아니라
그냥 흰죽 한 그릇을 먹을 때

말갛게 밥물이 퍼진,
간장 한 종지를 곁들여 내온
흰죽 한 그릇

늙은 어머니가 흰쌀을 참기름에 달달 볶다가
물을 부어 끓이는
가스레인지 앞에 오래 서서
조금씩 조금씩
물을 부어 저어주고
다시 끓어오르면 물을 부어주는,
좀더 퍼지게 할까

쌀알이 투명해졌으니 이제 그만 불을 끌까
오직 그런 생각만 하면서
죽만 내려다보며
죽만 생각하며 끓인

호로록,
숟가락 끝으로 간장을 떠 죽 위에 쓰윽,
그림을 그리며 먹는

-《사슴공원에서》, 창비, 2012.

훈훈하게 그리워지는 시간 ──────

가끔은 그럴 때가 있었습니다. 이제는 세상에 존재하지 않는 부모님 생각에, 핏덩이 아가를 낳고 한 양푼이나 너무너무 맛있게 먹던 새내기 어미였던 때, 그때는 미역국보다 맨 흰죽이 왜 그리도 맛있었는지,// 아픈 딸을 위해/ 아픈 아버지를 위해/ 후후 불며 한 입 먹이던 순간들// 먹먹하고 시린 날이면 후루룩 흰죽 한 사발 아련하게 하는 시간// 훈훈하게 그리워지는 시간이 지납니다.

도반 道伴

이상국

비는 오다 그치고
가을이 나그네처럼 지나간다.

나도 한때는 시냇물처럼 바빴으나
누구에게서 문자도 한통 없는 날
조금은 세상에게 삐친 나를 데리고
동네 중국집에 가 짜장면을 사준다.

양파 접시 옆에 춘장을 앉혀놓고
저나 나나 이만한 게 어디냐고
무덤덤하게 마주 앉는다.

그리운 것들은 멀리 있고
밥보다는 다른 것에 끌리는 날

그래도 나에게는 내가 있어
동네 중국집에 데리고 가
짜장면을 시켜준다.

- 《저물어도 돌아갈 줄 모르는 사람》, 창비, 2021.

이 시를 읽다 보면 그때 그 생각이 나네요. 지난해 가을 학기 구좌중앙초교에 갔다가 수업 마치고 갔던 곳. 평생 이곳에 살면서도 가보지 못했던 월정리 해변에 그야말로 혼자 나를 데리고 다니면서 이국적인 배경 구경하다 중국집으로 들어가 나에게 자장면 사주던 생각하게 하는 이런 걸 '이심전심(以心傳心)'이라 할까요. 저나 나나 이만한 게 어디냐고/ '양파 접시 옆에 춘장을 앉혀놓고'/ '무덤덤하게 마주 앉'은 적 있었지요.// '그리운 것들은 멀리 있고'/ '밥보다는 다른 것에 끌리는' 그런 날 말입니다.// 그래도 나에게 선생님처럼/ 내가 있어 그곳에 가 자장면 사줄 수 있어서 좋았던 날이었습니다.

추석

오상순

추석이 임박해 오나이다
어머니 !
그윽한 저----
비밀의 나라에서
걸어오시는 어머니의
고운 발자국소리
멀리서 어렴풋이
들리는 듯 하오이다.

- 《시인 공초 오상순》, 구상 편, 자유출판사, 1988.

'그윽한 저----'/ '비밀의 나라에서 걸어오시는 어머니!'/ 해마다 이맘때가 되면/ 오시는 길 정갈하게 치우고 닦으며 기다려 봅니다.// 행여 안 보일까/ 행여나 안 들릴까 노심초사(勞心焦思)/ '그윽한 저----'/ '비밀의 나라에서'/ '걸어오시는 고운 발자국 소리'에 귀 기울여 봅니다.

물잠

-욕조에서의 30분

양순진

여행지에서 욕조는 또 다른 오지
실오라기 하나 걸치지 않은
가벼운 마음으로 거울 위에 눕는다
수면에 둥둥 뜨는 발가락들
지난 시간을 불리는 욕조는
가끔 바닥을 벗어나 공중을 난다

욕조가 여독보다 먼저 젖어
무릎잠에 이른다
차오른 물은 어느 지점부터 날개가 되어
꿈속을 질주하기도 한다
여행지에서의 물은 피보다 안전하게
몽상을 리드한다

잠시 어지럼증에 휘청거리면
거울에서 나갈 시간
예리한 거울의 모서리로부터
꿈의 원편은 점멸한다

물에 불린 새하얀 피부는
새의 허파처럼 텅 비어 있다
유형지에서 떠나와
비로소 여행지의 욕조에서
나를 극복하는 밤

실오라기 하나 걸치지 않은
가벼운 생각들
내 몸에서 빠져나간다

욕조에서 208호 룸에 이륙하자

커피포트 물이 끓고 있다

- 《노란 환상통》, 책과나무, 2019.

봄이었을까? 아님 이맘때일까? 추석 막 지나서 지금처
럼 코로나가 오가지 않았던 그 이전쯤에서일까? 글과
의 전쟁에서 잠시 멈추고 시인은 캐리어 하나 들고 낭
만의 나라에 몸을 싣는다. 양순진 시인, 하면 떠오르는
이가 있네. 노래 부를 때는 가수 김 누구가 보이고 쫄랑
쫄랑일 때면 내 고향 영숙이가 언~니 하며 뛰어와 안기
던 모습, 그녀를 보네. 일 욕심을 내려놓고 어느 여행지
의 욕조에서 묵은 찌꺼기들 벗기며 오로지 몸신에게 그
간의 무모함에 용서와 보상으로 대접하는 시간, 몽환적
인 시간을 '물잠'으로 화답하는 것이다. 노랗게 물들었
던 환상통을 단 삼십 분 여여한 시간에 빠져보는 것이
다. 안개 자욱한 '물잠'에서 빠져나오니 진한 커피향이
'나'를 유혹한다. 아라비카&아메리카노처럼 달달하게.

카이, 카이, 카이khai, khai, khai*

이종형

불과 두어 달 전에
베트남 중부 빈딘성 작은 마을에서 있었던 이야기를 들려 드리려 합니다
한국인 참배객을 태운 버스가 쯔엉탄 학살 위령관을 떠나려는 순간
3킬로를 자전거로 달려와 땀범벅이 된 한 사내가 다급히 버스를 막아서고는
카이, 카이, 카이khai, khai, khai
내 말 좀 들어달라고,
나도 말 좀 하게 해달라고 소리쳤습니다.

내가 태어난 지 사흘 만에 엄마, 누나, 할머니, 친척들이 방공호에서 다 죽었어요.
왜 한국 사람들이 여기까지 오고도 우리 마을에는 안 오는지 너무 억울해서 왔어요.
우리 마을에는 아직 위령비도 없어요.

여기처럼 위령비라도 있으면 한국인들이 찾아올 텐데
우리 엄마도, 내 누이도, 억울하잖아요.
우리 가족 무덤에도 한국인들이 향좀을 한번 피워주세
요.
당신들의 나라가 앗아간 엄마의 이름을 한 번만이라도
부르고 기억해주세요.

쯔엉탄 아랫마을 깟흥사 미룡촌에서 태어난 판 딘 란
phan Dinh Lanh
떨리는 목소리로 태어난 지 사흘 만에
호랑이 표식을 단 남한 병사에게 어미 잃은 사연을 얘
기하는데
꼬박 오십 년이 걸린 거였습니다.

미안하다 미안하다라는 사죄의 말조차 감히 건네지 못

하고 돌아오는 버스 안이
처연한 눈물과 탄식으로 가득 차오르는 동안
어떤 이는 제주의 4월을 다시 떠올리고
어떤 이는 맹골수도의 찬 바다에서 아직도 돌아오지 못
한 아이들을 기억하며

카이, 카이, 카이khai, khai, khai
내 말 좀 들어달라고
카이, 카이, 카이khai, khai, khai
나도 말 좀 하게 해달라고

- 《꽃보다 먼저 다녀간 이름들》, 삶창, 2017.

*카이(khai)는 베트남어로 '증언하겠다' 혹은 '진술하겠다'라는 뜻이다.

베트남 중부 빈딘성이나, 제주4·3이나, 그리고 우크라이나 전쟁이나. 그러게요. 맹골수도의 찬 바다 하면 가슴이 먹먹하고 이태원 핼러윈데이나 지진이 덮친 이웃나라는 또 어떻고요. 모두가 데칼코마니인 것을요. 전세계를 강타한 코로나 팬데믹은 뭐라고 진술할까요. 요즘은 좀 잠잠한 것 같기는 하지만 괜찮아질 날 오기는 하겠지요.

절정

김광렬

불꽃처럼 타오르는 잎사귀가 황홀해서
단풍잎만 바라보며 걷다가
한라산 올라가는
성판악 돌밭 길 그 어디쯤에서
푹 무릎을 꺾고 말았다
살갗에 생채기가 생기고 피가 배어났다

너에게로 가는 일이,
이 정도로는 어림없다

살을 오려내고 뼈를 깎아내어야 한다

-《존재의 집》, 천년의시작, 2020.

황홀하게 타오르며 절정에 오른 잎사귀. 그 경지에 다다르기까지 얼마나 인고의 고통을 겪어야 하는지를 일깨워 준다. 그게 그렇게 황홀한 경지에 가는 게 멀고도 아프다. 그러니 묵묵히 걸어갈 수밖에, 그리고 마음을 비울 수밖에. 주어진 임무에 최선을 다하다 보면 그게 황홀한 경지에 다다른 '절정'이 아닐까.

마지막

마지막이라는 말을 들으면
가슴 한가운데를 관류하는
격렬한 추위가 몰려온다

마지막은, 피할 수 없는
시간이며 순서이기도 하다

시간을 바꿀 수는 없어도
순서를 바꿀 수는 있다

앞서 살았던
누구의 삶도 여기에서
벗어나지 않았음을 생각하면

마지막 순서를
바꾸고자 하는 것은
특별한 삶을 기대하는
반역의 욕망이다.

대부분의 사람은 이 반역을
싫어하지 않는다.

-《떠도는 바람》, 새미, 2020.

아우성처럼 밀려 왔다 밀려 가는 ──────

마지막이란 말은 그 누구도 하고 싶지도 듣고 싶지도 않을 것이다. 그러나 습관처럼 '마지막'이란 말을 쉽게 써 버린다. 속내와는 상관없이 그냥 가슴 아픈 한마디 툭툭 뱉어낸다. COVID-19가 전 세계를 후비고 가듯이 시간을 바꿀 수도, 순서를 바꿀 겨를 없이, 그렇게 하염없이 반역의 욕망들이 아우성처럼 밀려왔다 썰물 되어 내려가듯 그렇게.

거대한 아가리

황인숙

나는 죽은 그이들의 사진을 본다
잡지와 새로 나온 책
벽보판 위의 신문에서
나는 낯설게 그이들의 낯익은 얼굴을 본다
문득 그이들의 말이 활자체로 떠오른다
쉼표, 따옴표, 마침표, 물음표…… 지나간 말들

목소리, 목소리, 말의 초록물
돌아오지 않는다
까마득한 구름, 목소리의 입자들
비가 되어
떨어지지 않는다

나는 손바닥을 입에 대고
아아! 아아! 소리쳐본다
바람은 참으로 재빠르구나

따뜻한 입김, 그 목소리
까마득히 날아가버렸다

나는 홀연 뼈다귀처럼
인적 없는 바람 속에 던져진다

그립고 낯선
목소리의 망령들, 목소리의 납골당, 그 난바다.

- 《꽃사과꽃이 피었다》, 문학세계사, 2013.

초록물의 아우성

손바닥 입에 대고 아아아! 소리쳐보지만 바람은 참으로 재빨라 따뜻한 입김, 그 목소리는 까마득히 날아가버렸다. 홀연히 뼈다귀처럼 아가리 속에 던져진 바람의 자식, 그립고 낯선 목소리에 귀 기울여보지만 초록물의 아우성, 슬픔과 아픔들은, 그립고 낯선 영령들은, 백령도에서, 팽목항에서, 인적 없는 바람 속에 서성이다 서성이다가 비가 돼도 떨어지지 못하는 슬픈 목소리의 납골당, 그 난바다 아직도 묵묵부답 낯설다.

촛불

이상옥

밤마다 불울음을 운다
몸 태우는 뜨거움에 운다
눈물이 몸뚱아리를 타고 내려
아픈 삶의 골을 파면서도,
낮아지기를 멈출 수 없다
가다, 실바람이라도 불면
끊어질 것 같은 허리를 부여 잡고…
새벽별도 지는 낮이 온다
오, 눈 먼 밤이여, 천국이여
뜨거운 눈물을 지우는
너는 나의 연인
다시 밤이 오면 태워야 한다
화상을 입으면서도 멈출 수 없다

큰 꿈은 하나
몸뚱아리를 다 태우고 남은 육수(肉水)에
담겨, 생명이 꺼질 때, 그 때
낮같은 안식을 누리는 것

- 《하얀 감꽃이 피던 날》, 다층, 1990.

사랑하는 나의 동반자여 ─────────

밤이든 낮이든 때론 장소 불문하고 치러야 하는 소임과
의식, 나의 낮춤으로 당신의 삶에 안식이 된다면 내 몸
허물어져 육수(肉水)가 된다 해도 당신을 위해 이 한 몸
바치리, 불꽃을 태우리, 아! 황홀한 의식이여, 사랑하는
나의 동반자여.

완전연소

김정숙

눈물 자국 희미한 연서를 태우는 밤

죽으면 죽었지 젖지는 않으리라던

발화점 가 닿지 못한 풋사랑이 또 밟혀

바람을 빌려서라도 불꽃을 섬기리라

갈 데까지 가보고 마는 뜨거운 저 순수

후우우 입김을 넣네, '사랑해'가 불붙네

- 《나뭇잎 비문》, 책만드는집, 2019.

꽃봉오리 봉곳 샘솟는 풋사랑의 아련한 사연, 눈물 꼭 꼭 찍어내던, 순수한 사랑의 세레나데가 활화산처럼 타오른다. 뜨거운 저 순수의 불꽃을 섬긴다. '사랑해'라고 불러본다.

누에

세 자매가 손을 잡고 걸어온다

이제 보니 자매가 아니다
꼽추인 어미를 가운데 두고
두 딸은 키가 훌쩍 크다
어미는 얼마나 작은지 누에 같다
제 몸의 이천 배나 되는 실을
뽑아낸다는 누에,
저 등에 짊어진 혹에서
비단실 두 가닥 풀려나온 걸까
비단실 두 가닥이
이제 빈 누에고치를 감싸고 있다

그 비단실에
내 몸도 휘감겨 따라가면서
나는 만삭의 배를 가만히 쓸어안는다

-《그곳이 멀지 않다》, 문학동네, 2004.

시인의 눈에는 세 자매로 보였던 것이다. 등 굽은 어머니와 훌쩍 커버린 두 딸과 다정하게 손잡고 걸어가는 어머니의 모습. 누에처럼 작아진 저 작은 등에서 이천 배나 되는 실을 뽑아내듯 짊어진 혹에서 비단실 두 가닥 뽑아내려니 얼마나 힘들었을까. 이제 훌쩍 자란 두 딸이 텅 빈 누에처럼 작아진 어머니를 감싸며 걷고 있다. 그 비단실에 휘감겨 따라가며 만삭이 된 배 쓸어안아 본다.

개역*

김수열

탈곡 마치고 수매 끝나면 말가웃 보리 볶아 등짐 지고
방엣공장 갑니다 볶은 보리에 당원 넣고 기계는 돌고
돌아 탈탈탈탈 뽀얀 개역이 나옵니다 보리 한 되로 기
계 돌린 값 대신하고 머릿수건 풀어 탁탁 먼지 털고 집
으로 옵니다 개역 너댓 술 넣은 양푼 보리밥 가운데 놓
고 삼방에 둘러앉아 달그락달그락 개역밥 먹습니다

개역물 만들어 4홉들이 병에 담아 먼 바당에 갑니다 물
질은 밥심인데 밥차롱 대신 개역물 병에 담아 먼 물질
갑니다 물숨이 찰 때까지 저승바당 훑고 숨의 끝자락에
이승으로 올라 긴 숨 몰아쉽니다

나 살았수다, 호오이-
나 이디 있수다, 호오이-

잠시 테악에 몸 얹혀 개역물로 주린 배 채웁니다 귀눈이
왁왁허고 한라산이 어질어질하여도 이승에 남은 것들
살리기 위해 병굽이 보일 때까지 저승으로 내려갑니다
머리에 피가 쏠립니다

- 《호모 마스크스》, 아시아, 2020.

나 이디 잇수다 ─────────

개역, 우리 세대는 그렇게 불렀지만 요샛말로 미숫가루라고 하는 개역은 맛도 맛이지만 먹을 거리가 귀하던 시절에 참 귀한 존재였습니다. 어릴 적 풍경들이 아른거립니다. 점심시간이면 도란도란 삼방(마루)에 모여 양푼에 개역 몇 수저 넣고 비벼 먹던 생각, 마른 개역 입에 넣고 컥컥거리다 눈알이 벌게졌던 기억. 수많은 장면과 함께 소박하고 정겨웠던 시간들을 다시 돌아봅니다. '나 살앗수다 호오이~ 나 이디 잇수다 호오이~' 가족의 생계를 위해 바당밭을 떠나지 못했던 해녀들이 지치고 주린 배를 채우기 위해 타 먹던 개역물. 지금은 목을 축이고 기억을 적시는 시원한 미숫가루 한 잔이 되었지요. 곤을동 갯것디엔 아직도 저승길 오가는 숨비소리 '호오이' 들려오고 있습니다.

끝물

홍창수

멀쩡한 것들과 생이별하고 돌아온
장날이 있었다
도사리고 있었던 욕망이
어디론가 함께 실려 간 듯 했다
장꾼은 하나도 보이지 않았다
갑작스레 찾아온 쓸쓸한 한기
생의 한 모서리가 무너져 내려 앉는 것 같았다
한 손이 다른 한 손을 붙들고 있었다
갓 구운 붕어빵 한 봉지 샀다
사람의 그림자 하나 둘씩 도시 속으로 사라진다
손금을 파고드는 따스한 온기
온몸에 퍼져 갔다
겨울은 봄을 기다린다

-《바람의 헛간》, 시와실천, 2020.

겨울은 봄을 기다린다

오일장 끝나는 끝물, 멀쩡하게 보이는 끝물 들과 생이 별하는 순간이다. 가야 하는 것들과 보내야 하는 마음, 꽤 괜찮아 보이는 끝물이 다 되어가는 생의 모서리에서 시인은 애지중지 키워 오던 끝물들을 보낸다. 허하여 뻥 뚫린 가슴은 찬바람만이 휑하니 지나고 끝물 저녁 휘청이던 발걸음 다잡으려 붕어빵 한 봉지 온기로 부여잡는다. 한 손이 다른 손에게 속삭인다. 괜찮다고/ 이제 봄이 손 끝에 와닿는다고/ 그래서 겨울은 봄을 기다린다고,/ 시인은 부산 출생이며 현재 제주 조천에서 감귤 농원을 운영 중이다.

라면의 힘

고정국

그때 눈송이는 찐빵처럼 따뜻했지
창백한 불빛들이 창백해서 더 고왔고
나지막 처마 밑에선 굴뚝새가 울었지

파르르 하루 한 끼니 배고팠던 겨울 국화
누렇게 라면 반쪽 자취생 그 골목에서
'손창섭 「잉여인간」'이 함께 살고 있었지

꼬이는 듯 풀리는 듯 라면 냄비 같은 인생
살짝 곰보 곱슬머리 펜팔 소녀 사전에처럼
동그란 동국 송이가 냄비 속에 웃을 때

허기의 힘 고난의 힘, 반역의 힘, 라면의 힘!
잘 가라 끓는 피여, 눈물 젖은 길들이여
하얗게 십구공탄은 불면증에 타는데…

- 《그리운 나주평야》, 책만드는집, 2019.

하얗게 불태운 날들

푸른 청춘이던 시절, 하얀 눈송이만 내려도 창백한 불빛들이 창백해서 더 고왔던 시절, 고향이 그리워 굴뚝새가 슬피 울던 날, 추워서 파르르 꼼지락대던 주린 속, 겨울 국화빵 한 잎으로 속을 달래고 라면 반쪽으로 배를 채우던 학창 시절, 시인은 '잉여인간'과 함께 살았단다. 꼬이는 듯 풀리는 듯 라면 냄비 같은 인생이었던 외로움과 고난과 반역들 속에 동그란 동국 송이 냄비에서 '웃을 때', 끓는 젊은 피가 불타오를 때, 하얗게 피어오른 저 십구공탄처럼 지새우던 날들, 라면의 힘! 아, 그때의 라면이 얼마나 소중한 것인지를 새삼 느껴보는 시간, 모든 자양분을 빨아올렸던 그 시절의 세월, 하얗게 불태웠던 그때가 힘들어도 그리워지는 오늘이 아닐까, 생각해 봅니다.

봄비

양대영

집으로 들어가는
골목길,
돌아보니

개나리꽃
빗속에
울고 있네

귓가가 노랗게 젖었네

- 《애월, 그리고》, 시와실천, 2019.

외로운 황홀한 심사

봄비 촉촉이 내리던 날, 퇴근하고 집으로 걸어가던 지친 하루의 등걸에 톡톡 불러내는 소리가 있어 화들짝 뒤돌아본 골목 돌담길,/ 노란 병아리 빗속에서 울고 있었네./ 귓가가 노랗게 젖어 파르르 떨고 있는 모습이 안타까운/ 환영인 듯,/ 가슴속으로 파고든 어린 것/ 아리도록 아픈…,// 유리(琉璃)에 차고 슬픈 것이 어린거린다./ 열없이 붙어 서서 입김을 흐리우니/ 길들은 양 언 날개를 파닥거린다./ 지우고 보고 지우고 보아도/ 새까만 밤이 밀려나가고 밀려와 부딪히고,/ 물 먹은 별이, 반짝, 보석(寶石)처럼 박힌다./ 밤에 홀로 유리(琉璃)를 닦는 것은/ 외로운 황홀한 심사 이어니,/ 고흔 폐혈관(肺血管)이 찢어진 채로/ 아아, 늬는 山새처럼 날아갔구나!(정지용의 유리창琉璃窓 전문)

아! 눈이 큰 사슴에 스며든 별아!

꽃들이 먼저 알아

당신이 날 버리기 전에
내가 먼저 떠나지 않을 거야

나비가 날아든다는 난초 화분을 집 안에 들여놓고
우리의 사랑처럼 싱싱한 잎을 보며 그가 말했다
가끔 물만 주면 돼.
물, 에 힘을 주며 그는 푸른 웃음을 뿌렸다
밤마다 나의 깊은 곳에 물을 뿌리고픈 남자와
물이 말라가는 여자의 불편한 동거
꽃가루 날리는 봄과 여름을 보내고
첫눈이 오기 전에 나는 그를 버렸다
아니, 화분을 버렸다

소설을 쓴답시고 정원을 배회하며
화분에 물 주기를 잊어버렸다

꽃들이 더 잘 알아.
나비가 날아들지 않는 난초 화분 옆에서
시들시들 떨어진 꽃잎을 주우며 그가 말했다
얘네들이 더 잘 알아.
당신이 날 어떻게 생각하는지
당신이 날 버리기 전에
내가 먼저 시들지 않을 거야

먼저 버린 건, 당신 아니었나?

- 《다시 오지 않는 것들》, 이미, 2019.

꽃들이 먼저 안다.
그대를 받아들일지 말지를.
무슨 말이 더 필요할까.

버릴까

홍성운

"이제 그만 버리세요" 오래전 아내의 말

수십 년 내 품에서 심박동에 공명했던

버팔로 가죽지갑을 오늘은 버릴까 봐

몇 번의 손질에도 보푸라기 실밥들

각지던 모퉁이는 이제 모두 둥글어

가만히 들여다보면 나를 많이 닮았다

그냥저냥 넣어뒀던 오래된 명함들과

아직까진 괜찮은 신용카드 내려놓으면

어쩌나, 깊숙이 앉은 울 엄니 부적 한 점

- 『버릴까』, 푸른사상, 2019.

그렇지요. 우리네 인생사, 지갑과 핸드백, 마르고 닳도록 고락을 함께하던 저 깊숙이 앉은 부적 한 장에 의지하며 생을 달려왔던 세월들, 이제는 버릴 만도 하건만 그놈의 미련 버리지 못하는 깊숙이 들어앉은 어머니의 염원 한 장, 눈에 밟혀 아쉬운 오늘이 또 지납니다. 평생 함께 가야 할 흔적.

곱을락 홀 사름

양영길

곱을락 홀 사름 이디 붙으라
곱을락 홀 사름 이디 붙으라

손가락 ᄒ나 세왕
소리 ᄒ멍 돌아뎅기민
동무 동무 어깨동무
땅 따먹기 ᄒ당 나오곡
배튈락 ᄒ당도 나오곡
질 에염에 앚앙 풀 ᄐ당 놀당도 나오곡
손가락 잡으멍 '곱을락ᄒ게'
멍구슬낭 ᄒ나 '팡' 정히영
두 손으로 눈 막앙 팡데레 돌아상

무궁화꽃이 피었습니다
무궁화꽃이 피었습니다…

이레 곱곡 저레 곱곡
이레 흘긋 저레 흘긋
곱은 사름 촛앙 팡 짚으민

꼭꼭 숨어라
머리카락 보인다
곤밥 흐민 나오고
보리밥 흐민 나오지 말라

날 어두왕 왁왁 홀 때꼬지 이 올레 저 올레
무궁화꽃이 흰흐게 피었습니다

-《꿔다 놓은 보릿자루》, 새미, 2021.

우리들의 오징어게임

얼마 전 처음엔 '오징어 게임'이 어떤 것이길래 저렇게 인기 가도를 달리고 있을까 하고 궁금했었던 기억이 난다. 나도 한번 고집부리고 싶던 어린 추억들이 쏟아져 나오는 시간, '전래놀이'와 인기 영화 '오징어 게임'에 등장하던 놀이 전수하러 초등학교에 가기도 했었다. 어른 세대들이 즐겼던 놀이를 보여줬더니 아이들이 즐거워하며 "춫아와줘서, 해볼 수 있어서 고맙수다 예!! 선생님~", 아이들의 이 말 한마디에 보람을 느껴봤던 시간이기도 했다. 코로나 팬데믹 속에서 지내야 하는 아이들을 보면서 어서 빨리 종식되기를 바라는 마음뿐 더이상 무슨 설명이 필요할까.

설날 아침에

김종길

매양 추위 속에
해는 가고 오는 거지만
새해는 그런 대로 따스하게 맞을 일이다.

얼음장 밑에서도 고기가 숨쉬고
파릇한 미나리 싹이
봄날을 꿈꾸듯

새해는 참고
꿈도 좀 가지고 맞을 일이다.

오늘 아침
따뜻한 한 잔 술과
한 그릇 국을 앞에 하였거든
그것만으로도 푸지고

고마운 것이라 생각하라.
세상은
험난하고 각박하다지만
그러나 세상은 살 만한 곳

한 살 나이를 더한 만큼
좀 더 착하고 슬기로울 것을 생각하라.

아무리 매운 추위 속에
한 해가 가고
또 올지라도

어린 것들 잇몸에 돋아나는
고운 이빨을 보듯
새해는 그렇게 맞을 일이다.

- 《성탄제》, 삼애사, 1969.

얼음장 밑에서도 고기가 숨 쉬듯

김종길(1926~2017) 시인, 본명은 김치규, 경북 안동 출신이다. 1947년 《경향신문》 신춘문예에 시 '문'으로 입선하며 등단, 그는 "서양 이미지즘 시학을 받아들이면서도 기교에 치우치지 않고 고전적 품격을 지닌 시 세계를 구축했다"는 평가를 받는다. '성탄제' 외에 널리 알려진 시는 '설날 아침에'와 '고갯길' 같은 시들이 고등학교 문학 교과서에 실리며 '설날 아침에'는 평이한 언어와 직설적 표현으로 '긍정적이고 건강한 생활의 자세'를 노래한 시라고 전한다. 저서로는 《하회에서》(1977), 《황사현상》(1986), 《천지현황》(1991), 《달맞이꽃》(1998), 《해가 많이 짧아졌다》(2004), 《해거름 이삭 줍기》(2008), 《그것들》(2011) 등 시집과 함께 시론집 《진실과 언어》(1974), 《시에 대하여》(1986) 등이 있다.

시인은 한국시인협회장과 한국 T. S. 엘리어트학회장을 역임하며 연구 활동에 들어간다. 2004~2007년 대한민국

예술원 부회장을 역임하며 목월문학상, 청마문학상, 육사시문학상을 수상한다. 국민훈장 동백장, 은관문화훈장(1998)을 받았다. 원로시인이자 영문학자인 고려대 명예교수 김종길 시인은 2017년에 숙환으로 별세했다.

여전히 애송 신년시 목록에 드는 시, 묵직한 깊이가 있기 때문이 아닐까. 매양 추위 속에 해는 가고 온다. 그래도 새해는 따스하게 맞을 일이다. 몸이 세월을 따라오고 세월이 마음을 따라갈지라도 묵은해를 보내고 새해를 맞는 마음가짐은 긍정적이고 희망적이어야 한다고 '얼음장 밑에서도 고기가 숨 쉬고 파릇한 미나리 싹이 봄날을 꿈꾸듯' '오늘 아침 따뜻한 한 잔 술과 한 그릇 국을 앞에 하였거든 그것만으로도 푸지고 고마운 것이라 생각하라'며 '어린것들 잇몸에 돋아나는 고운 이빨을 보듯' 새해를 기쁨과 희망으로 새해는 그렇게 맞을 일이라며 아무리 어려운 때일지라도 긍정적인 자세를

잃지 말자고 호소하는 김종길 시인의 자작시 해설을 한
번 살펴보자.

"무엇보다도 본심을 지켜야 한다는 말을 하고 싶어요.
본심을 지킨다는 것은 근원을 따지면 성선설에 기본을
두고 있다고 할 수 있겠습니다. 본래 마음이란 착하고
순수하다는 전제하에서 본심을 지키자는 말입니다. 그
리고 아무리 힘들더라도 희망을 품고 모든 이웃들을 너
그럽고 따뜻하게 사랑해야 합니다." 『김종길 시인, 언론
인터뷰(2008년)에서 발췌』

덕담 한마디 덤으로 빌리자면 새해는 그렇게 맞을 일이
다. 묵은해를 보내고 새해를 맞는 마음가짐은 긍정적이
고 희망적이어야 한다고, 세상은 살아갈수록 각박하고
험난하지만 살 만한 곳이라고, 코로나에 맞서 세계가
싸울지라도 '얼음장 밑에서도 고기가 숨 쉬듯, 파릇한
미나리 싹이 봄날을 꿈꾸듯', '어린것들 잇몸에 돋아나

는 고운 이빨 보듯' 새해를 기쁨과 희망으로 맞아보자고, 남을 꺾지 말고 아프게 하지 말고 새해에는 더 성숙하고 겸손함도 부릴 줄 알며 아름다운 마음 지니며 살아가는 지혜로운 한 해를 맞아 봄이 어떨까.

바다의 물집

정군칠

환한 빛을 따라 나섰네
지금은 달이 문질러 놓은 바다가 부풀어 오르는 시간
여에 부딪치는 포말들을
바다의 물집이라 생각했네
부푸는 바다처럼 내 안의 물집도 부풀고
누군가 오래 서성이는 해변의 밤
온통 흰 꽃 핀 화엄의 바다 한켠
애기 업은 돌을 보았네
그 형상 더욱 또렷하였네

제 몸을 밀어내고 다른 몸을 품고서야 바다는
해변에 닿는다지
버릴 것 다 버린 바다의 화엄이
저 돌로 굳은 것일까
걸러내야 할 것들이 내게도 참 많았네

목이 쉬도록 섬을 돌았네

단지 섬을 돌았을 뿐인데 목이 쉬었네

파도의 청징淸澄한 칭얼거림이 자꾸만 들려왔네

깍지 낀 손 풀어 그 울음 잠재우고 싶었으나

달빛은 바다 위에서만 출렁거리고

나는 서늘한 어둠의 한켠에 오래

오래 머물지 못했네

-《물집》, 애지, 2009.

달빛은 바다 위에서만 출렁거리고

물결 잔잔한 바다 수평선 위, 우뚝 솟은 한라산 《물집》 한 권, 까만 내지 위에 하얀색 필로 그려진 강의 교재가 가슴 시리게 아프다. 어느 날부터인가 부푸는 바다처럼 내 안의 물집도 부풀고 있다는 것, 목이 쉬도록 섬을 돌며 마음 정리를 한다는 것, 청징淸澄한 칭얼거림을 잠재우고 싶었으나 못내 머물지 못했던 서늘한 그 자리, 시인은 벌써 아는 것처럼 환한 달빛 따라 출렁이며 부풀어 오르는 화엄의 길을 걸었을까. 그 길을 걸으며 애기 업은 어머니 뒷모습을 봤을까. 그 칭얼거림이 안쓰러워 어르고 달래고자 했으나 달빛은 바다 위에서만 출렁거려 어쩌질 못했을까.

시인의 시들은 시리고 아프다. '내 안의 물집, 여에 부딪치는 포말, 애기 업은 돌, 바다의 화엄, 청징淸澄한 칭얼거림, 이 섬을 한 바퀴 돌았을 뿐인데 목이 쉬어지는 아픔', 유고 시집 《빈 방》에서도 시인의 숙명인 것처

177

럼 다가온 시리고 아픈 모습들을 엿볼 수 있었다. '소리의 집', '빈 의자 흔들리고', '광명사의 새벽', '산방山房철물', '꽃의 장례', '빈 방'에서와 같이 '소리의 집'에 들어 귀뚜라미 귀 울음소리에 베갯잇 흠뻑 적시도록 속울음도 삼켜보며, 새 한 마리 날개 젖은 채 날아가는데 검은 바위 자갈 자갈 울음 울어 어쩔 줄 몰라 흔들리는 빈 의자, '빈 방'에 홀로 앉아 상념에 들어 가족 안위를 염려하며 시인은 앞서 나풀나풀 나비가 되어 꽃상여 따라 광명사의 길에 날아든다. 아! 서글픈 일이다.

시린 마음 한켠 머물 수 없어 어머니가 더 그리워지는 시간이다. 새내기 습작생이던 때 만감이 교차하던 시간들, 마지막이 아닐 것이라는 기대를 저버리지 않은, 최선을 다해 서툰 습작시 살펴주던 시인 정군칠 선생, 어느 날에는 숲 해설사로 어느 날에는 '시요일'에서, 방송대 강의실 오가며 밤낮으로 후배 양성 위해 애쓰시던 시인. 선배, 후배, 습작생 문인들의 동경憧憬의 대상이었던 시인은 저 하늘의 별이 되어 아직도 기둥처럼 버팀목 되어주는 눈이 커서 슬픈 사람. 영면하시길…….

간이역

김정자

어둠이 오기 전에
집으로 돌아가자
돌아갈 집이 있다는
이 저녁

먼 길 가는
간이역에
이름 하나 하나 새기는데
마음이 먼저
웃는 듯
우는 듯
하여

다 잊고 떠나자 한다

-《더 작아진 내일》, 다층, 2021.

나이가 들다 보면 모든 사물들이 빨리 저물어 가는 느낌이 든다. 요즘 떠도는 말처럼 60대는 60km, 70대는 70km로 달리듯이 그렇게 빠르게 지나가는 오늘의 시간들, 눈 떠보면 아침이 되고 한 것은 별로 없는 것 같은데 어둠이 내리는 이 저녁, 돌아갈 집이 있다는 게 얼마나 다행이고 감사할 일일까. 먼 길 가는 간이역에서 이름 하나하나 새기며 마음이 앞서 웃는 듯, 우는 듯, 상념에 젖어보는 시간, 그만하면 됐다고 이제 다 잊고 떠나자 한다며 마음을 열고 있는 '더 작아진 내일'이 나를 쳐다본다.

《더 작아진 내일》은 김정자 시인의 여섯 번째 시집이다. 윤은경 시인의 말을 빌리자면 "한 권의 시집을 읽는 방법에는 여러 가지가 있을 수 있다. 혹자는 시집을 관통하는 시적 인식을, 혹자는 언어 미학의 측면을, 혹자는 새로운 실험정신에 방점을 두어 읽을 수 있다. '서정

시란 비상한 상태의 정서를 표현'하는 것이라는 정의에는 개인적 정서와 감정을 강조하는 역사적 문예사조인 낭만주의적 인식이 짙게 깔려 있다. 낭만주의적 서정은 주체의 내부를 통해 외부를 보는 것이므로 낭만주의에서 세계와 개인은 형식적으로 대등한 위치를 점한다. 서정은 주체가 사물을 통해 겪는 '순간의 경험'으로부터 세계를 직관해 내며 세계에 참여한다. 주체의 시선으로 사물의 고유성을 발견하고 그 응시의 힘으로 자기 삶의 태도와 자세를 성찰하며, 다시 사물에 활력과 생명을 불어넣는 시적 상상의 과정이야말로 서정시의 본래적인 위의(威儀)라 할 수 있을 것이다."

시인이든 독자든 근원의 자리에서 만나게 하면서 심미적 체험으로 이끄는 것, 다시 한번 삶을 되돌아보게 하고 한층 더 넓은 지평에서 감각케 하는 것, 그것이 바로 시가 쓰이는 이유이자 시의 위의라 할 수 있을 것이다.

잔잔하고 낮은 목소리로 서정의 세계를 펼치는 김정자 시인의 섬세한 작업에 박수를 보낸다. 고 윤은경(시인)은 '서정, 그 영원한 자기 회귀의 곡선'으로 김정자 시인의 내면의 시 세계를 펼쳐 보인다. 마지막 먼 길 가는 간이역에서 또다시 김정자 시인은 이름 하나하나를 새긴다. 2021년 제주문학의 바람을 타고 제주 여중·고 전사들이 '동백문학회'를 창설하며 창간호를 발행했는데, 김 시인이 제1대 회장을 맡게 된다. 김정자 시인, '동백문학회' 간이역에서 그 힘은 창대할 것이다.

발효된 사랑

김수열

스물에 시집 왔주
하르방은 나보다 아홉이나 위
밤인지 낮인지도 몰르고 일만 했주 일만
경허멍 다섯을 키와시네
이제 사는가 허는디 오꼿 하르방이 먼저 가불더라고

나이 먹으난 더 생각 나
낭에 꽃이 피어도 감낭에 감이 열려도 생각 나
아들이여 딸이여 해도 늙어 보난 하르방이 최고
같이 산 세월이 얼마 안 되난
내가 얼른 가사주
하르방이 올 수 어시난, 내가 가사주

우리 하르방
얼굴 곱닥허니까 누게가 업엉 가불지도 몰라

내가 얼른 가사주
근데 난 쭈구리 할망 되어부난
하르방 날 알아봄이나 헐 건가

고만시라, 얼레빗 어디 시니?

- 《호모 마스크스》, 아시아, 2020.

하르방이 최고 ────────

사랑은 늙어가는 것이 아니라 익어가는 것이라는 노사연의 노래가 생각이 납니다. 풋사과처럼 풋풋했을 때는 시고 떫을 때도 더러 있었지만 아웅다웅 지지고 볶다 보면 문드러지고 터지고 서광이 비치고 적당히 곰삭으며 익어가는 우리네 인생사, 마르고 닳도록 살아온 길이기도 합니다. 스물에 시집와 아기 낳고 키우며 지지고 볶던 '나'에게 더없는 잘생긴 사람인 것입니다. 나이가 드니 옆지기는 더 생각이 나서, 감꽃이 보여도 홍시가 보여도 생각이 나서, 아들이여 딸이여 해도 하르방이 최고인 것입니다. 아무리 길게 산 것 같아도 당신 없는 시절은 너무나 짧아, 올 수 없는 당신보다 내가 얼른 가야 할 것 같아서 쭈구리 할망구 된 '나'를 알아보기나할까 걱정이 앞섭니다. 법정 스님의 '버리고 떠나기' 중에서 이런 글귀가 있습니다. 삶은 소유물이 아니라/ 순간순간의 있음이다./ 영원한 것이 어디 있는가/ 모두가 한때일 뿐/ 그러나 그 한때는 최선을 다해/ 최대한으로 살 수 있어야 한다./ 삶은 놀라운 신비와 아름다움이다. 김수열 시인의 시 한 편에 녹아든 '발효된 사랑'이나 그 밖의 작품에서도 독자들이 편안하게 다가갈 수 있도록 뽑아낸 구수한 시향들에 사랑 밭 꽃은 영원할 것입니다. 죽금살금 살아봐도 하르방은 '내' 짝인 것처럼 당신이 최고인 것입니다.

무덤

복효근

더 이상
덤이 없는 곳

그러니까
이 생은 덤이라는 뜻

- 《중심의 위치》, 실천, 2022. /《작은詩앗, 채송화》 제26호

며칠 전 기사를 봤다. 덤으로 살기 위해 찾아온 어린 씨앗, 무모한 어린것들의 불장난으로 잉태되어 찾아온 생명을 장난감 놀이하듯 던지며 받으라며, 박으며 때리며 방치시켜 태어난 지 십여 일 만에 '무덤'으로 떠나보내는 새 생명에 가슴이 아린다. 어지러운 세상에 잠시 왔던 아가야, 다음 생에는 괜찮은 부모에게서 덤으로 태어나는 새싹이 되길 소망해 본다.

복효근 시인은 '무덤'을 더 이상은 덤이 없는 끝난 것이라고 정의를 내린다. 그러니까 이 생은 덤이라는 것, 덤으로 왔을 때 죽기 살기로 후회 없이 살아보자고 하는 말일 게다. 그렇다. 우리는 현재 덤으로 살고 있는 것이다. 비록 조물주께서 점지해 부모님 몸을 빌려 우주의 법칙대로 이 세상 잠시 덤으로 체험하며 살고 있지만 또다시 돌아가야 할 존재, 덤덤히 이런 표현을 한다는 게 그만큼 연륜이 쌓였다는 증표일까. 돌아갈 때를 아는 것처럼, 담담해지는 이 기분이란 게, 다음 생은 무엇으로 환생해 덤으로 또 살아갈까 궁금해지는 여행지의 시간이다. 세상은 정말로 요지경 아우성인데 그래도 이 생에 지금까지 이렇게 존재해 있음을 다행이라 여겨야 할까. 어서 빨리 무사한 날이 되기를 소원해 본다.

어느 날 문득 덤으로 날아온 채송화 씨앗, 들이 발화하여 꽃을 피우고 또다시 나에게로 '작은詩앗, 채송화'가 날아와 발화하며 속삭인다. 열심히 생활하며 작은詩앗, 들처럼, 작은 풀꽃, 들처럼 묵묵히 나의 길을 걸으며 '끝까지 꽃'이 되어 살다가 가자고. 어느 날 문득 가야 할 때를 아는 것처럼. 그렇게 복효근 시인의 단행 시, 속에 스며 응축되어 발화되는 시심에 경의를 표한다.

여기 제주시 '명도암 마을'에, 나기철 시인이 이사를 와 조용한 일상에서 느끼며 그리는 시 한 편, 덤으로 감상할 기회를 가져본다. 조용한 데로/ 이사 오니/ 버스가 두 시간/ 세 시간 꼴이다// 가파도,/ 마라도에 가면/ 하루에 두 번쯤/ 배가 올 게다// 저 세상에/ 날 데려가시면// 다시 못 올/ 이 세상('명도암 마을') 나기철 시인이《제주, 별빛보다 아름다운 섬》제주펜무크 제12집, 2015년에 발표한 시들 중 한 편이다. 시적 발상이 참으로 재미나고 간결하게 표현되어 좋았던 느낌으로 읽었던 한 편의 시, '명도암 마을'. 가까우면서도 거리가 먼, '거로마을' 윗동네. 그래요! 우리 어지러운 세상, 요리조리 피하며 마음껏 기지개 켜며 살아보자고요~ 덤으로 온 인생인데 말입니다.

거울 속의 나

이도연

거울 밖에 있는
타인의 뒷모습을 보려 하지 말고
거울 안에 있는 나의 모습을 보자

누구나 자신의 뒷모습은 보기 어려워
오류를 범하기 쉬우나
보이지 않는 것을 보려 하는 것은
또 다른 자신과 싸움이고

성찰의 길을 가고자 하는 노력이며
자신의 그림자에서 자아를 발견하는 일은
발자취 없는 무아의 세계에서
자신의 길을 찾아가는 길이다

때로는 타인의 모습처럼 나를 비추는

거울 앞에 서서
자신의 허영을 비추는 가식과 오만
때로는 욕망으로 거짓 웃음 짓는
나를 발견한다

나는 누구인가
거울 앞에 서 있는 내가 나인지
거울 속에 웃고 있는 네가 나인지

진정한 자아의 모습을 보려 하는
노력을 해보지만,
안개 속을 걷고 있는 무아의 세계에서
방황하는 영혼을 만난다.

- (사)창작문학예술인협의회, 《시인 서재》, 2021.

자아를 찾아가는 길 ────────────

'거울 속의 나' 더 이상 무슨 말이 필요할까. 이도연 시인의 타자와 '나'에 대한 상관물을 바라보는 시선으로 자화상처럼 써 내려간 행간에서 이어지는 시어들이 나 자신을 들여다보듯 느껴지는 마음으로 움직여 여기에 옮겨보기로 했다. '나는 누구인가/ 거울 앞에 서 있는 내가 나인지/ 거울 속에 웃고 있는 네가 나인지'('거울 속의 나' 일부) 얼마 전 티브이 프로 '슈퍼맨이 돌아왔다'에 나오는 갓 돌을 넘긴 '젠'이라는 아기가 거울에서 바라보는 자신을 보며 처음엔 당황하다가 요리 기웃 조리 기웃하다 웃는 모습이 보이자 안도를 하며 '자아'를 찾아가는 화면을 본 적 있었다. 어린 꼬마 아기가 자신의 모습인지 알아보기는 까마득한 시간이겠지만, 똘똘한 눈동자가 참으로 고운 영혼이다. 이도연 시인은 '화자'를 보며 다시 이런 말을 한다. '진정한 자아의 모습을 보려 하는 노력을 해보지만, 안갯속을 걷고 있는 무아의 세계에서 방황하는 영혼을 만난다'라고, 어느 극중 인물들이 나와서 한 대목 전개하던 영상이 떠오른다. '스폰서'라는 티브이 프로에 등장하는 젊은 여 이사가 거울 앞으로 면접 온 훈남을 데려다 거울에 비친 자신을 바라보란다. 남자는 자기가 아닌 것 같다고 한다. 아마 슈트를 입은 자기를 보는 순간 어색할 수도 있겠다. 하지만 이 청년 역시 자기가 어떤 모습으로 '자아'의 환상 속을 헤맬지 궁금하게 만드는 첫 장면이다. 정상에 오르면 또다시 정상에 오르고 싶어 무아의 세계에서 방황하는 어둠의 영혼을…, 요즘 세태에 정상을 향하여 달리는 안갯속 '그'들은 어떤 환상 속을 헤맬까. 거울 속 '나'를 바라보며 상념에 잠겨본다. 백신과의 대응을 어떻게 해야 할 것인지를….

산방山房철물

정군칠

산이 하늘에 썬팅되어 출렁거린다
산山이라는 글자의 멋부림에 이끌려 철물점 안으로 들
어선다
산방철물점은 산의 비밀을 고스란히 껴안고 있다
톱날의 톱니마다 물려 있는 고욤나무, 졸참나무, 마른
꽝나무
수평호수에선 계곡의 물소리가 들린다
정과 해머의 육중함 속에 펄펄 끓는 쇳물처럼 꿈틀거리
던 석수장이의 우직한 팔뚝

마음에 거대한 산을 가진 적이 있다. 세상의 중심에 커
다란 못 하나 박고 싶어 내 안에 별실方을 만들지 않고
산처럼 의연히 버팅긴 적이 있다. 넘어야 할 굽이가 두
엇만 되어도 잔머리 굴러가는 바퀴소리가 들리는 세상,
내가 서 있는 뒤쪽 벽에는 누군가 목에 핏발을 세워야

직성이 풀리는 개줄이 걸려 있다. 질질 끌려가는 내 모습이 느린 동작으로 유리문에 비친다. 산에서는 나무들이 자라고, 나는 금가기 시작한 육신의 틈 이을 가시못 몇 개를 사들고 문을 힘껏 민다. 가시못을 움켜쥔 손에 붉은 땀이 배고 내 안의 야트막한 산이 출렁거린다.

-《빈방》, 고요아침, 2013.

내 이마의 수평선 ————————————

"산방철물점은 산의 비밀을 고스란히 껴안고 있다." 톱
니마다 물려 있는 고욤나무, 졸참나무, 마른꽝나무, 계
곡의 물소리가 수평호수에서 들린다. 석수장이의 우직
한 팔뚝까지 껴안고 있는 산방철물점 안으로 시인은 거
대한 산山이라는 글자의 멋스러움에 끌려 들어선다. 아
닌 줄 알면서 혹여 금이 가는 육신을 고칠 수 있을까 조
그마한 소망을 맘에 담은 채 야릇한 감정 설레며 긴장
의 끈을 붙들어 본다. 시인은 거대한 산을 가진 적도 있
었다. "내 안에 별실方을 만들지 않고 산처럼 의연히 버
팅긴" 적도 있었다. "내가 서 있는 뒤쪽 벽에 누군가 목
에 핏발을 세워야 직성이 풀리는 개줄이 걸려" 있기도
했었다. "질질 끌려가는 모습을 느린 동작으로 유리문
에 비치"는 환영(幻影)을 본다. 먼 길을 돌아 '빈방' 유고
시집에 안착한 고 정군칠 시인의 《수목한계선》(2003) 시
집에 수록된 시, 정군칠 시인은 '시인의 말'에서 이렇게

말하고 있었다.

"수평선은 하나의 한계선이다. 수평선을 넘으면 또 다른 한계선이 있다는 걸 나는 몰랐다. 나는 수평선까지 갔다가 항상 그 앞에서 무릎을 꿇어야 했다. 엎드린다는 것은 결코 굴신이 아니라 내공을 더욱 단단히 하는 것이다. 나는 수평선 안에서 몸을 웅크린 채 살아왔고 또 그렇게 살아갈 것이다. 나의 시 또한 저 수평선 안에 갇혀 있길 바란다. 이미 내 이마에는 몇 개의 수평선이 만들어져 있기 때문이다."(2003. 8. 모슬포에서)

붉은 땀이 배며 잠재해 있던 야트막한 산이 출렁이는 애달픈 변주곡이다.

폐타이어

함민복

구르기 위해 태어난 타이어
급히 굽은 길가에 박혀 있다

아직 가 보고 싶은 길 더 있어
길 벗어나기도 하는 바퀴들 이탈 막아주려

몸 속 탱탱히 품었던 공기 바람에 풀고
움직이지 않는 길의 바퀴가 되어

움직이는 것들의 바퀴인
길은 달빛의 바퀴라고

길에 닳아버린 살거죽
모여모여

몸 반 묻고
드디어 길이 된

- 《말랑말랑한 힘》, 문학세계사, 2005.

무덤의 길을 떠올리며 ————————

모든 조급함이 '화'를 불러낸다. 급하게 마시는 물이 굽은 길가에 박혀 체하기도 하고, 급한 성격 못 이겨서 황색등 경고에 발뿌리 넘어져 째지기도 하며, 하고 싶은 것도 많고 가보고 싶은 곳도 많은데, 폐타이어는 고치고 재생하면 또다시 얼마 동안 자신이 원하든 원치 않든 이곳저곳을 구르겠지. 바퀴들 이탈 막아주려 탱탱 품었던 공기 풀어 움직이지 않는 길의 이정표가 되겠지. 바퀴는 닳아버린 살 거죽 모여 모여 길이 되는데 사람은, 닳아버린 살 거죽은 허공으로 날아 공(空)이 되고 앙상한 뼈 한 줌 흙이 될까. 흙에서 왔다 하니 흙으로 가는 게 길이겠지. 볼로디미르 젤렌스키 우크라이나 대통령은 "세계는 잔혹 행위 묵인 말고 당장 우크라이나 하늘 문 닫아달라" 호소한다. 얼마나 긴박하고 어처구니없는 상황이던가. 우크라이나 남부 항구도시 '마리우폴 산부인과-어린이 병원' 등 러시아군의 무자비한 폭

격으로 희생되는 민간인, 무더기로 비닐봉지에 담겨 해양 도심에 묻혀야만 하는 그들은 도시의 무덤가가 아닌 길이 되는 셈인가. 하늘문 닫아달라는 울부짖는 소리, 세상 사람들에 호소하는 소리, 애달프다. 안타까운 일이다.

의자

이정록

병원에 갈 채비를 하며
어머니께서
한 소식 던지신다

허리가 아프니까
세상이 다 의자로 보여야
꽃도 열매도, 그게 다
의자에 앉아 있는 것이여

주말엔
아버지 산소 좀 다녀와라
그래도 큰애 네가
아버지한테는 좋은 의자 아녔냐

이따가 침 맞고 와서는

참외밭에 지푸라기도 깔고
호박에 똬리도 받쳐야겠다
그것들도 식군데 의자를 내줘야지

싸우지 말고 살아라
결혼하고 애 낳고 사는 게 별거냐
그늘 좋고 풍경 좋은 데다가
의자 몇 개 내놓는 거여

-《의자》, 문학과지성, 2006.

무거운 삶을 부려놓을 곳 ─────────────

새내기 창작 활동하던 날 '의자'에 대해서 습작하던 때 의미를 부여하지 못했던 지난날이 생각난다. 간간이 서울 나들이하며 서점에 진열된 이정록 시인의 '의자'가 보여도 별 관심이 없던 내가 어느 날부터 '의자'가 눈에 보이기 시작했던 것이다. 이만한 나이에는 너나없이 겪어야 하는 과정인 양 병원에 가도 일상 어디를 봐도 다 그렇게 의자에 기대어 앉을 대상들이 보일 뿐이다. 오래전에 서점에서 다른 시집들과 함께 읽다가 접어두었던 시편을 이제야 다시 펼쳐 든다.

첫 번째 연에서 어머니 '화자'가 아들에게 한 소식 던진다. "허리가 아프니까 세상이 다 의자로 보"인다고, "꽃도 열매도 의자에 앉아있는 것"이라고, 꽃도 열매도 상관물 관계에서 서로 받쳐주며 의지하며 사랑하면서 자연과 더불어 살아가는 이치를 보여주는 대목이다. 내가 지금 여기에 등장한 어머니처럼 허리에 고장이 생겼다. 이 병원 저 의원 동분서주하다가도 걷는 것이 힘에 부칠 때면 모든 게 '의자'로 보이듯 기댈 언덕이 정말로 필요함을 느꼈었다. 기댈 의자가 얼마나 소중한지 몸소 겪어가는 중이다.

둘째 연에서 어머니는 '화자'인 아들에게 아버지 산소 좀 다녀 오라신다. "그래도 큰애 네가 아버지한테는 좋은 의자 아녔냐"라고. 생활 속에서 체감하며 풀어가는 모자의 돈독한 면을 보여주는 따뜻한 시선이 정겹다. 이제 좀 더 따뜻해지면 나도 아버지 산소 한번 찾아가야겠다. 그래도 내가 아버지한테는 좋은 의자가 아녔던가.

셋째 연에서 어머니는 침 맞고 와서 참외밭에 폭신폭신한 지푸라기도 깔아주고 호박에 똬리도 받쳐야겠다고 하신다. 식구니까 의지할 '의자'가 필요한 것이다. 삼라만상의 모든 만물이 서로 엉키며 의지하며 살아가는 게 우리 정서에 맞는 이치가 아닐까, 서로 의자가 되면서….

마지막 연에서 어머니는 '화자'에게 식구들과 싸우지 말고 살라고 하신다. 결혼하고 애 낳고 사는 게 별거 아니라고 그늘 좋고 풍경 좋은 데다가 의자 몇 개 내놓는 것이라고. 이렇게 시인은 소소한 일상에서 느끼고 보이는 것들에 다가가 어머니가 아들에게 말하듯 생활 속에 담담하게 풀어내고 있다. 우리네 인생사 살아가는 데 별게 있는가 싶다. 위에서 어머니가 말씀하시는 것처럼 그렇게만 살아갈 수 있다면 더 바랄 게 없지 않을까.

그날도 침 맞고 와서 별도봉 둘레길 걸어보는데 의자에 몇 번을 앉았는지, 모든 게 '의자'로 보여서 다행이고 고마운 시간이었다. 이렇게 의지하며 받쳐주며 살아가는 게 우리네 인생사 아닐까. 이정록 시인의 시집, 표지에 보면 이런 글귀가 있다. "《의자》는 평화롭고 풍요로운 시집이다. 인간과 자연의 대결이 아닌 조화롭고 동등한 세계를 보여주기 때문에 평화롭고, 유토피아를 그리는 것이 아닌, 자연과 삶에 대한 시인의 따뜻한 사랑의 구체적인 결과이기 때문에 풍요롭다." 놀라워라! 시인의

일상에는 작고 하찮은 사물들이 자연스럽게 삶을 이루고 소중하게 서로를 감싸고 있다. 이렇게~

봄 산은

김용택

계집의 마음 같다.
계집의 마음 같다 해놓고
웃었다.

-《울고 들어온 너에게》, 창비, 2016.

봄은 의연하다

봄 산은 알록달록하다 '봄~ 처녀 제~ 오시~네'라는 말
이 그저 있겠나. 들썩들썩 피어오르는 게 봄인 것을 그
시절이 좋았다는 것을 새삼 느껴본다. 코로나가 들썩들
썩 피어오르고 세계가 들썩들썩거려도 봄은 봄이다. 의
연히, 다소곳이, 화사하게 피어오르는 물오른 계집처럼
들썩이는 모습, 바라만 봐도 좋다. 봄 산에 가 볼 수만
있어도 행복인 것이다. 지금은 너나없이 들썩들썩 나서
고 싶은 계절, 이곳 제주에도 올 사람은 오고 가는 상황
이겠지만 무탈하게 다녀가길 소망해 본다. 나도 피식
웃었다.// 엊그제 다녀온 게 다행이어서// 코로나가 발
목 잡을 줄 몰랐던// 어느 날에.

옛 글 속 육친의 정

路上逢重五 殊方節物同

길 위에서 단오를 만나고 보니 지방은 달라도 풍물은
같다.

遙憐小兒女 竟日後園中

슬프다 고향집 어린 딸애는 온종일 뒤뜰서 혼자 놀겠지.

〈백광훈 시인〉

1537년(중종 32) 전남 장흥 출생, 1582년(선조 15) 사망.

백광훈은 최경창·이달과 함께 삼당시인(三唐詩人)이라 불린다. 자는 창경(彰卿), 호는 옥봉(玉峰)이다. 원래 관향은 수원이지만 선조가 해미(海美)로 귀양 와 대대로 머물러 살았으므로 해미가 본관이다. 아버지는 부사과(副司果)를 지낸 세인(世仁)이며, 〈관서별곡關西別曲〉으로 유명한 광홍(光弘)의 동생이다.

이후백·박순에게 수학했으며 22세에는 진도에 귀양 와 있던 노수신에게 배웠다. 28세인 1564년 진사시에 합격했으나 과거를 포기, 정치에 참여할 뜻을 버리고 산수를 방랑하며 시와 서도(書道)를 즐겼다. 그가 과거를 포기하게 된 구체적 이유는 확실하지 않지만 한미한 가문과 당대의 정치적 상황에서 연유한 것이 아닌가 짐작된다.

36세인 1572년 명나라 사신이 오자 노수신의 천거로 백의제술관(白衣製述官)이 되어 시와 글씨로 사신을 감탄하게 해 명성을 얻었다. 1577년 선릉참봉(宣陵參奉)이 되었으며, 이어 정릉(靖陵), 예빈시(禮賓寺), 소격서(昭格署)의 참봉을 지내면서 서울에 머물렀다. 그에게 관직 생활은 만족스러운 것이 아니었지만 토지를 바탕으로 하는 경제적 기반이 미약했기 때문에 유일한 호구책으로 계속 관직에 머물러 있을 수밖에 없었다.

그는 삼당시인으로 불리는 만큼 당풍의 시들을 남겼다. 그의 시는 대부분 순간적으로 포착된 삶의 한 국면을 관조적으로 그리고 있는데, 전원의 삶을 다룬 작품들은 자연과 조화를 이루는 안정과 평화로 가득 찬 밝은 분위기로 이루어져 있다. 이는 현실에서 오는 고통과 관직 생활의 불만에 의해 상대적으로 강화되어 나타나기도 한다. 이정구는 그의 문집 서(序)에서 "시대와 맞지 않아 생기는 무료·불평을 시로써 표출했다."라고 하면서 특히 절구(絶句)를 높이 평가했다. 글씨에도 일가를 이루어 영화체(永和體)에 빼어났다. 1590년 강진의 서봉서원(瑞峰書院)에 제향되었다. 《옥봉집》이 전한다.

- 다음 백과사전에서 발췌

옛 스승 고(故) 정군칠 시인과 시 창작 활동하며 같이 배우고 읽었던 《한시 미학 산책》이 생각났다. 이 책을 들춰보다가 우연히 서랍 속에 숨 고르며 있는 '옛 글 속 육친의 정'을 알게 되어 외람되지만 이 지면을 통해 옮겨 보기로 했다. 그저 이해를 바랄 뿐이다.

조선 중기의 시인 백광훈(白光勳)의 시다. 벼슬길을 찾아 타관 땅을 떠돌다 도중에 단오절을 만났다. 그네 뛰고 씨름하는 떠들썩한 광경을 바라보던 그는 이내 고향집에서 자신을 기다리고 있을 어린 딸아이의 모습을 떠올리곤 목이 메고 말았다. 매일 제 엄마의 치마꼬리를 붙들고서 "아빠 언제 와?" 하며 칭얼거렸을 딸아이. 풀이 죽어 다른 아이들과 어울리지도 못하고 뒤뜰에서 혼자 소꿉놀이를 하고 있을 광경이 아슴아슴 가슴에 아려왔던 것이다. 그의 문집에 보면 객지에서도 마음이 놓이질 않아 아들 삼 형제를 타이르고 권면한 편지가 24통이나 실려 있다.

다산 정약용이 강진 유배 시절에 아들에게 보낸 수십 통의 편지를 보면 자식의 앞날을 걱정하고 행여 잘못될까 노심초사하는 아버지의 마음이 구구절절이 배어 있다. 현실을 비관하여 글 읽기를 멀리하는 자녀들을 두고, 우리는 폐족이니 글까지 못한다면 어찌 되겠느냐며, 이러한 역경이야말로 훌륭한 성취를 이룰 수 있는 참으로 얻기 힘든 기회가 아니냐고 했다. 독서의 바른 방법, 술 마시는 법도, 집안 어른 모시는 일에 이르기까지 미치지 않은 내용이 없다. 때론 너무 심하다 싶을 만큼 다그쳤다. 자식을 곁에 두고 가르치지 못하는 아버지의 안타까움이 행간 밖으로 넘쳐 난다.

김수항(金壽恒)은 사약을 받으면서 아내 나 씨가 함께

뒤따라 세상을 버릴 것을 염려하여 말로 당부하다가, 종내에는 "여러 자식들을 올바로 키우지 못하면 지하에서 만나지 맙시다."라는 유서를 남겼다. 부인은 울면서 그 글을 받아 평생토록 몸에 간직했다. 자식들의 바른 훈도에 힘썼고, 세상을 뜰 때 관 속에 함께 지니고 갔다.

서포 김만중의 어머니 해평 윤 씨는 자식들이 행여 과부의 자식이란 손가락질을 받을까 봐, 잘못이 있으면 몸소 회초리를 들어 울면서, "네 아버님이 너희 형제를 나에게 맡기고 돌아가셨다. 너희들이 지금 이같이 하니, 내가 어찌 지하에서 네 아버님의 얼굴을 대면하랴? 제때에 배우지 않고 사는 것은 빨리 죽는 것보다 못하다."며 매를 때렸다. 부모의 이런 매운 교육을 받고 자란 자식들은 모두 훌륭한 학자로 성장하여 훗날 역사에 큰 이름을 남겼다. 그저 내 자식이 귀하고 아까워서 오냐오냐 하는 것은 오히려 그 자식을 망치는 일이다. 자식을 사랑하는 마음이야 고금에 다를 까닭이 없다. 그러나 그 방법은 사뭇 달랐다.

옛 글을 읽다가, 고생만 하다 죽은 아내의 영전에 바친 무뚝뚝한 남정네의 눈물 뚝뚝 떨어지는 제문이 뜻밖에 많은 것에 놀라곤 한다. 어린 나이에 세상을 뜬 자식을 묻는 아버지의 처절한 육성도 적지 않다. 죽은 누이를 위해 써준 박지원과 이덕무의 제문을 읽으면 지금도 눈물이 난다. 자식이 돌아가신 부모님을 회억하며 지은 글들은 옛 선인들의 문집 속에 수없이 많이 남아 있다. 거기에는 마음속에서 우러난 사무치는 육친의 정이 있다. 오늘날은 누구도 이런 글을 쓰지 않는다. 막상 쓰려 해도 쓸 말마저 없는 것은 아닐까 싶기도 하다. 옛 선인들의 거울에 비추어 빛바랜 가정의 의미를 새삼 부끄럽게 돌아보게 되는 요즘이다.

- 글 정군칠 시인, 옮긴이 김항신 시인

대청호
-가래울에서

어디 있을까
휘어진 가슴을 토닥여 주던
등 굽은 아버지

어디 있을까
따뜻한 파스 냄새
그 허기진 몸속으로 뛰어가
뒹굴고 싶은
목마른 바람

어디 있을까
비좁은 내 몸 구석
어딘가에 묻혀 있을

속울음
한 올 한 올 꺼내
부축해 드리고 싶은데

-《복수초 한 잎이 만드는 구성》, 실천, 2021.

저녁노을 속에 그리움은 밀려오는데 ──────

시인은 어느 날 아버지가 된 '나'에서 문득 그리움으로 다가오는 이가 있었다. 평생 잊을 수 없는 '아버지'라는 세 글자가 기둥이셨던 당신, 그리움에 서성이다 가래울로 달려간다. 그리움 속으로 들어가는 자식은 아른아른 상념에 젖는다. 어디 있을까 '휘어진 가슴 토닥여 주던 등 굽은 아버지', 화자는 아주 어렸을 때 느끼고 바라보던 기억 속으로 들어가 찾아보고 있다. 가래울 물 안개 속에 헤집고 아장거리는 모습이 투영되어 나를 보는 것처럼 아리게 다가온다. 하루 종일 일하다 들어온 아버지에게서 따뜻한 파스 냄새가 나는 그 허기진 몸속으로 와락 뛰어들어 뒹굴고 싶었던 어린 시절의 날들, 그리고 싶은데 아버지는 어디 있을까. 내가 어른이 되고 당신처럼 아버지가 되고 보니, 내 몸 구석구석 어딘가에 묻혀 있을 아버지, 찾을 수만 있다면 긴긴 세월 동안 흩어진 마음들 한 올 한 올 꺼내 보듬고 싶었던 속울음의 세월, 아버지가 몸 담던 '대청호', 아무리 찾아보고 바라봐도 보이지 않는 저녁노을 속에 그리움은 밀려오는데 찾을 길 없어 막막한 세월들. 화자는 시라는 장르를 통해 아버지 안위를 승화시키고 있는 것이 아닐까. 누구나 사연이 분분하지만 송용배 시인의 시를 보니 아리고 아픈 사연이 적나라하다. 시인은 이런 말을 하고 있었다. "나는 늘 애매하다. 가슴을 밀치며 팽팽하게 터져오는 그 무엇 아니, 폐허가 된 기억을 갉아먹는 죽은 잎들의 꿈같은 꿈 아주 오래되었다."고. "그래서 복수초를 심어 노란 빛깔에 취해 펑펑 울었다."라고. 안갯속에 걸터앉은 산자락이 오늘따라 선명하다. 안개꽃 한 아름 아버지 가슴에 안기고 싶다.

메밀꽃필소시

김항신

눈물의 ᄆᆞᆯ꽃

쏠ᄀᆞ룰 니 수저
콩ᄀᆞ룰 두 수저
눈물의 씨톨 두 스푼에

마ᄀᆞ룰 닐 곱 수저
다시 쏠ᄀᆞ룰 두 숟꾸락 더ᄒᆞ영

밤새
받아 놓은 정ᄒᆞ수 ᄒᆞᆫ 컵
창가에 흘리다 남은 빗물 한 모금
너희들 위하여 목을 축이며

봄동 달래 썰어 넣고
대파 오이고추 홍고추 송송 넣어
기둥 같은 애기아비 맛 좀 보라고
서울 병원 왔다 갔다 세 번째 되는 날

그 아비 제비 새끼 먹여 보자고
그 어미 고슴도치 먹여 보려고
눈물의 메밀꽃 만드네

눈물 참 맵기도 하다

- 《라면의 힘보다 더 외로운 환희》, 실천, 2021.

애간장이 빗물이 되고

메밀이 없는 메밀 전 만들면서// 비는 추적추적 내리는데/ 칠십 넘긴 아비의 무심에/ 육십 넘긴 어미의 무심에/ 애간장이 빗물이 되고/ 애간장이 눈물이 되고// 조금이라도 몸에 좋을 건가 흐멍// 메밀 전 지져보는데 무사 이추룩 눈물은 매운지// 서월 빙완서 방사선 쮀멍 흑 도려내는 자식은 얼마나 아플까/ 가심 아픈 뚤년 얼메나 울었신고

먼 길을 걸어온 사람아

박노해

먼 길을 걸어온 사람아
아무것도 두려워 마라

길을 잃으면 길이　아온다
길을 걸으면 길이 시작된다

길은 걷는 자의 것이니

먼 길을 걸어온 사람아
아무것도 두려워 마라

그대는 충분히 고통받아 왔고
그래도 우리는 여기까지 왔다

자신을 잃지 마라
믿음을 잃지 마라

걸어라
너만의 길로 걸어가라

길을 잃으면 길이 찾아온다
길을 걸으면 길이 시작된다

길은 걷는 자의 것이니

- 〈길〉, 느린걸음, 2020.

길은 걷는자의 것 ————————————

아무것도 두려워 안 할 것이다. 충분히 고통받으며 여기까지 오지 않았겠나. 이제는 섣불리 '나'를 잃지 말고 믿음을 잃지 말자. 오로지 나만의 길로 걷자. 길은 걷는 자의 것이니, 안주하지 말고 오늘도 또 내일도 태양은 뜨고 있잖아.

시어머니의 첫 문장

김정숙

낫질 호미질로 육십 넘게 사서놓고
첫 손주 어깨너머 기역 니은 훔치시더니
줄 공책 첫 장을 펼쳐 묵은 씨앗 삼는다

아버지 김별별 어머니 현별별
오빠 동생 이름은 눈물 홀쩍 적시시며
사삼에 풍비박산한 가족 별을 심는다

- 《나뭇잎 비문》, 책만드는집, 2019.

묵은 씨앗 심는다

그리운 별들 고이 가슴에 묻어 둔 세월의 한! 얼마나 가
슴이 아팠을까! 얼마나 가슴에 멍이 졌을까! 억울하게
비명 한 넋을 눈 뜨고 나서야 하나하나 설움 토하며 손
주 어깨너머 기역, 니은 훔치시어 묵은 씨앗 심으시는
시어머니 진혼곡, 며느리의 대 별곡에, 아! 파란만장 사
월의 영령들이여 고이 영면하소서.

멸치의 꿈

마법에 걸린 우리는
뭍에 귤꽃 만발했다기에
꽃 같은 연인, 친구들과 무리 지어 은빛 군무를 추다
달 없는 밤
환한 어부의 등불에 홀려 그물에 들려졌다

뭍이 빠져나간 어판장엔
네 박자 뽕짝이 소금 치는 어깨의 여흥을 돋우고
귤꽃향이 아가미에 걸리는 찰나 우리의
펄떡이던 가슴은 꿈과 함께 봉인된다

계절은 흘러
잎보다 짙푸르던 귤 땡볕에 달구어질 때
봉인은 풀려

어느 고깃집 접시에 덜어지고
잘 삭혀진 몸은 노릇한 고기 위에 감칠맛 더하는
늙은 어부의 주문 같은 잠언으로 얹혀

너와 너 아내의 몸 안으로 들어
뼈와 살이 돋는 환생의 밤 보내고 나면
너였던 너의 마음은
마침내 풀린 마법처럼 내가, 내 아내가 된다

그런 내가 살아내려
아가미 가득한 바다를 걸러내느라 목이 메여
아직 당신께 전하지 못한
소금 세월에 저미어진 말을 이제야 한다 "사랑합니다"

- 《터널, 그 끝을 보다》, 한라산문학회, 2021.

마법에 걸린 우리

마법에 걸린 우리는 귤꽃 만발한 귤밭에서 친구들과 은빛 군무를 춘다. 신풍리 앞바다 물 빠진 어판장엔 네 박자 뽕짝이 흐드러지게 울리고 가슴을 적시고 봉인됐던 세월이 꼬숨 하게 곰삭아 늙은 어부의 주문 같은 잠언으로 익어갈 때 우리는, 사랑의 '세레나데'를 부른다. 신풍리 앞바다에서 유영하던 멸치들은 어느 환한 어부의 등불에 의해 걸려들고 봉인됐던 세월들은 곰삭아 마법처럼 윤회의 길로 들어 또다시 마법의 시간이 된다. 어느 날 속삭이는 불빛 시구들이 여기저기 재회를 한다. 반짝거리듯, 우리는 '마법이 풀리면 내와 내 아내가 되고 살아내려 아가미 가득 짠 내음 걸러내던 세월 들'은, 소금에 저미어져 목이 메어, '전하지 못했던', 그 말을 오늘에야 풀어 "사랑한다"라고 전한다. 눈빛만 봐도 사랑이 익는 마법에 걸린 우리는 언제나 싱그럽다.

수평선에 걸어놓은 시 하나

2023년 7월 31일 초판 1쇄 발행

지은이　　김항신
펴낸이　　김영훈
편집　　　김지희
디자인　　강은미
편집부　　이은아, 부건영, 김영훈
펴낸곳　　한그루
　　　　　제주특별자치도 제주시 복지로1길 21
　　　　　전화 064-723-7580　전송 064-753-7580
　　　　　전자우편 onetreebook@daum.net　누리방 onetreebook.com

ISBN 979-11-6867-103-4 (03810)

값 15,000원